刘 亮 程 作 品

大地上的
家乡

刘亮程 —— 著

译林出版社

图书在版编目（CIP）数据

大地上的家乡／刘亮程著 . —南京：译林出版社，
2024.3（2024.7重印）
（刘亮程作品）
ISBN 978-7-5447-9855-6

Ⅰ.①大…　Ⅱ.①刘…　Ⅲ.①散文集－中国－当代
Ⅳ.①I267

中国国家版本馆 CIP 数据核字（2023）第 150070 号

大地上的家乡　刘亮程／著

责任编辑　焦亚坤
装帧设计　朱赢椿　杨杰芳
封面绘画　大唐卓玛
校　　对　梅　娟　戴小娥
责任印制　闻媛媛

出版发行　译林出版社
地　　址　南京市湖南路 1 号 A 楼
邮　　箱　yilin@yilin.com
网　　址　www.yilin.com
市场热线　025-86633278
排　　版　南京展望文化发展有限公司
印　　刷　江苏凤凰新华印务集团有限公司
开　　本　850毫米 ×1168毫米　1/32
印　　张　9.25
插　　页　4
版　　次　2024 年 3 月第 1 版
印　　次　2024 年 7 月第 3 次印刷
书　　号　ISBN 978-7-5447-9855-6
定　　价　58.00 元

我在这个村庄，一岁一岁感受自己的年龄，也在悉心感受天地间万物的兴盛与衰老。我在自己逐渐变得昏花的眼睛中，看到身边树叶在老，屋檐的雨滴在老，虫子在老，天上的云朵在老，刮过山谷的风声也显出苍老，这是与万物终老一处的大地上的家乡。

目 录

菜籽沟早晨

菜籽沟早晨

　　我要在一山沟的鸡鸣声里，再睡一觉。布谷鸟、雀子、邻家往小河对岸的大声喊叫，都吵不醒。满山坡"喳喳"疯长的红豆草、野油菜、麦苗和葵花吵不醒。山梁呼噜噜长个子。在我傍着她的均匀鼾声里，有一匹马和小半群绵羊，打山边走过，行到半坡拐弯处，一只羊突然回头，对着我半开的窗户，咩咩咩叫，仿佛叫它前年走失的羔子。

　　我就在那时睁开眼睛，看见我被一只羊叫醒的另一世里，我跟着它翻过了山梁。

我认识乌鸦中的老者

我认识乌鸦中的老者。它们一大伙在杨树梢"哑哑"叫时，我听出它苍哑的嗓音，像一个八十岁的老人在喊叫。我不知道它喊谁。我听见了，它就是在喊我。我朝杨树下走几步，想从一树黑乌鸦中认出老了的那只。可是，乌鸦再老羽毛也是乌黑的，不会像人，活到头发花白。

我住的菜籽沟村最多是白发老人，那些沿路零散地排开的老宅子里，有的住一个老人，有的住两个。住两个的过一阵剩下一个。村委会上班的也是老人，村长支书都老了，天天到办公室开会，讨论菜籽沟未来发展的事。

乌鸦在讨论什么呢。它们在树上开会，听上去每只都在"哑哑"叫，只有我一个人在树下听。

我听了半辈子乌鸦叫，仍然不知道它们在叫什么。

但我终于听出一只老乌鸦的叫声。在一树黑压压的叫喊中，有一个粗哑的喊声落下来，像在喊地上的人。

我一冲动，对着树上扯开嗓子"哑哑"大叫几声。

它们全惊飞起来。

它们飞过菜地时，我认出那只老乌鸦了，飞在最后面，迟缓地扇动翅膀，脖子伸得长长，像人老了一样，身体走不快了，头却慢不下来，使劲往前伸。它明显跟不上疾飞的乌鸦群。它们飞过河沟和马路，飞到那片长满藏红花的山坡后，不见了。

那只老乌鸦留下来，落在小河边的榆树上，头朝这边看我，张嘴"哑"叫了一声。

我学它"哑、哑"叫了两声。

它一定听出我的叫声比它的还要苍老。

接着它飞起来，从我头顶缓缓掠过时，头偏了一下，一只眼睛朝下看。它的眼睛也许跟我的一样老花了，辨不出地上是一个人还是一只乌鸦。也许在它眼里我就是一只老乌鸦，弓着腰，背着膀子，匍匐在地上。

它又"哑"地叫了一声。

我知道它是对着我叫的。我没好意思再学它叫。多少年来我跟着乌鸦学它们叫，早已学得太像一只乌鸦了。我担心把它从天上叫下来。万一它真的飞下来，落我身旁，要跟着我走，我会把它领哪去呢。

鸽子

一只灰白鸽子，站在屋檐上看我们在院子里做饭，大案板上摆满青菜、肉和醒好准备下锅的拉面，它大概看得嘴馋，"咕咕"叫。我抓一把包谷撒上去，它跳开几步，眼睛依然盯着我们锅里的饭。

我们一家人坐在锅头边的案子上吃饭时，它落下来，小心地朝饭桌旁走来，走两步，偏着头望一阵，又走几步，仿佛它认识我们中的谁，前来打招呼。又仿佛它是我们丢失很久的一个孩子，回家来吃饭了，我们忘了给他摆筷子，忘了给他留位子，忘了做他那份饭。

突然地，我们全停住筷子，看着它一步一步走过来，快到跟前时它停下来，依然偏着头望，像一个一个认它久别的家人。

我妈说，给它撒点米饭，鸽子爱吃米。

方圆起身拿米饭时它飞走了。

它朝屋后的麦田飞去时，连头都没回一下。仿佛它真的跟我们没有一点关系。

我做梦的气味被
一只狗闻见

　　我妈去英格堡赶集，见有铃铛卖，老式黄铜的，顺手摇一下，有她早年听熟的声音，就买两个，在黄狗太阳和黑狗月亮脖子上各拴一个。月亮的没几天丢了，它不喜欢这个乱响的东西，自己甩掉了。我妈拾回来再给它戴上，第二天，它又脱掉。它当我妈的面，把一个前爪蹬住脖圈，头往后缩，脖圈就掉了。然后，它衔起带铃铛的脖圈，一路响着跑到屋后面，在我妈看不到听不见的地方转了好一阵，无声地跑回来。它把那个讨厌的铃铛藏掉了。

　　太阳的铃铛一直戴着。它喜欢那个声音。它个头比月亮小，但它觉得自己比月亮多一个声音，它经常晃着头在月亮面前摆弄自己的响声。

　　它成了一条"叮叮当当"响个不停的狗，跑到哪儿我们都能听见。

　　夜晚它的叮当声成了院子里最清晰的声音。我们从不知道晚上院子发生了什么，半夜被狗叫醒，侧耳朵听，是月亮在南边大叫，或许进来人了，或许是一只野猫或獾进了院子。有时我开灯照一下，若是外人进入，看见窗户亮，也就跑了，我并

菜籽沟早晨

不出去看究竟。更多时候我呼呼大睡，不去理会狗在叫什么。一夜，狗吠声传到梦里，我在远处听见狗叫，匆忙往回赶，家里进来生人了，门开着，窗户开着，我惊慌地站在门外不敢进去。

月亮大叫的时候，听见太阳的叮当声跟在后面。太阳很少叫，它知道自己的叫声太小，吓不住入侵者，它让响亮的铃铛声跟在月亮后面助威。它的铃铛声摇遍院子的每个角落。月亮只有自己的汪汪声。有时它在北边杏园叫，那里有一只大白猫，夜夜惦记我们伙房里的肉，有一个夜晚，后窗户没关，大白猫进来，把案板上一块骨头偷走了。月亮闻着那块骨头的味道追咬到后院墙边，白猫越墙跑了。月亮在院墙边狂叫。太阳的铃铛声也追到院墙边。

这个四处漏风的院子交给两条一岁多的小狗看守。月亮看上去个头大，很凶猛，太阳只是条小宠物犬，秋天抱来时浑身精光，担心过不了冬。果然天稍一凉就往屋子里钻。每次我都毫不客气赶它出去，它得习惯这里日渐寒冷的天气，让自己成为能在外面过冬的动物。菜籽沟已经是冰雪世界了，它的毛还没有完全长出来。天亮前那阵子外面最冷，听见它在门口叫，拿头顶门，门缝露出的一丝温暖会被它的身体接住。金子一起来就开门放它进房子，说让它暖暖身体。我坚决反对，我们不能让它依赖屋里的暖和，它要在漫长冬天的寒冷中长出自己的暖。

它的铜铃铛声在冬夜里听起来尤其寒冷，我们抱火炉取暖，它戴着冰冷的铃铛在寒风里来回跑。不跑便会冻死。月亮不怕冻，它是藏獒和牧羊犬的后代，身上有厚厚绒毛。天冷前给它们俩挨着修了狗窝，里面垫了层麦草。太阳不敢自己在窝里待，放进去就跑出来。它往月亮的窝里凑，一进去就被月亮咬出来。月亮真是条守原则的小母狗，白天跟太阳这只小公狗怎么打闹都可以，晚上就是不让太阳进自己的窝。

后来不知为什么月亮也不在窝里待了，可能狗窝在院墙边，太阴冷。我在门口用纸箱给太阳做了一个小窝，纸箱侧面掏一个洞，上面砖压住，里面和洞口处铺上麦草，太阳晚上住里面，这次月亮随了太阳，卧在洞口的麦草上，那个纸箱做的窝盛不下月亮，它只好给太阳守窝。

经过一个冬天——我们在菜籽沟的第一个冬天——太阳终于从一条宠物犬，变成了狗，它在寒冷的冬天里长出一身细绒毛。接下来的冬天，它将不再寒冷，不会在冬夜里不停地响着铃铛跑。我们也不再寒冷，书院在建锅炉房，到时候每个房间都会暖暖的。

那天太阳把铃铛丢了，它从坡上凶猛地跑下来，像另一条狗。

丢掉铃铛的太阳没有声音了，它一路跑，一路往后看，好像那个叮当响的自己在山坡上没有下来，跑到坡下的又是谁呢。它跑一阵，回头朝坡上汪汪几声。那个刚刚还在叮当响的自己，在山坡草地上转一圈突然不见。往山下跑的是一条没有响声的狗。

月亮也觉出太阳不对劲，对着它咬。好像要把它咬回去，把那个叮当声找回来。

第二天一早，我扫院子，突然听见叮当声，太阳嘴里叼着系了绳子的铃铛，从山坡杏园里狂跑下来，一直跑到我身边。

它自己把丢了的铃铛找回来了。

那以后它又成了一只叮当响的狗。

深夜醒来，又听见它的铃铛声绕着房子转。它可能闻见我醒来的味道了，有意要让我听见。在它的嗅觉里，我醒来和睡着的气味或许不一样，做梦时的气味更不一样。

我曾在梦醒时分隐约听见狗吠，看见自己站在屋外的黑暗中，我刚从遥远的梦中回来，未来得及进屋子，而睡在屋里的正在醒来。我闻见我的将从睡梦中醒来的气味，像一间老房子的门沉沉推开，全是过去的旧味道。那个在梦里远走的我，带着一缕不散的旧气息回来，站在窗外，他要在我完全醒来前回到我的睡眠里。或许是他的睡眠。我并不认识梦里那个我，不知道他在下一个梦里会干什么。我没有一只可以醒着伸到梦中的手，去安排黑暗睡眠里的生活。我活了五十年，至少有二十多年，活在不能自己的睡梦中。

睡是我生命的另一场醒。

我曾在这个黑暗世界一遍遍地醒来。

我醒来和睡着的气味，被一只叫太阳的小狗闻见。

麦收

昨天午后，拉了高高一垛包谷秆的拖拉机，"突突突"从书院门外驶过时，突然觉得我们院子少了一车什么。书院菜地的包谷秆稀拉地站了几行，没来得及吃一口青玉米棒它们就老了。刮风的夜晚，包谷叶子干燥的响声传入梦中。我们忙乎半年，似乎只收获了一地干喳喳的风声。

从麦收开始，先是拉麦捆子的拖拉机，一座山一座山地，从门口驶过，接着是拉豆秧和包谷秆的车。

菜籽沟的秋收漫长到下雪，那时坡地上的麦子都要一镰一镰地割，从路上望去，人像小虫儿爬在坡上，一点点地蠕动，动一天，麦地凹下去一块。扎捆的麦子成行竖摆在麦茬地，远看像一块粗针脚补丁。

从七月到八月，沟里都在收麦子，这个季节找个干活的都困难。前面雇的七个甘肃民工，六月初回家割麦子了，他们把盖了一半的房子扔下，把我们预计八月完工的计划扔下，说要回老家割麦子。

不回行吗？

说不行。

为啥不行？这边挣钱，在老家雇人割麦子，不一样吗？

说雇不上人，家家的麦子都熟了，谁有空给你干活。

盖一半的房子扔了半个月，他们一起回来了。回来的时候是黄昏，从拖拉机上下来，个个脸色像饱满麦子。第二天，他们的身影又晃动在墙头上，还是那些人，接着半个月前那个茬往上垒墙，只有我知道，那个茬再也接不上了，首先砖缝难完全对上，即使后来勾了砖缝，我也一眼能看出他们停顿又续接的缝隙。更重要的是活搁了十几天，房子主人的想法变了，原先定的木头架房顶被钢板替代，木工活被铁活替代，事实上盖出来的房子变成另一栋。半个月前他们因为回家割麦子而耽搁的那个砖混木框架的房子，永远都不会再盖出来。

甘肃的麦子割完了，新疆菜籽沟的麦子才开始黄。坡地陡，收割机上不去，全靠人工镰刀割。一人一天顶多割一亩地，一家种几十亩，就得一个劳力起早贪黑累一个多月。这一个多月书院的其他活耽搁下来，除了那几个回来的甘肃民工，再找不到给我们干活的人。这个季节，哪有比割麦子更重要的事情呢，我们只有眼巴巴看他们快快收割，院子里不打紧的活停下来。多好的太阳啊，多好的白云，多好的月亮和星星，我们干等着，看他们收获。我们挖管沟、修路、收拾院子的活，放一年也没事。路不铺也没事。哪有比割麦子更大的事呢。

地上收麦子的季节，天上星星月亮都闲着。地上的麦香往星空里飘，那里有一层人，每年这个季节让麦香熏醒，他们眼睛朝下看，跟我们朝上望的目光相遇，仿佛黑夜里面对面走来的亲人。

我在这样的夜晚清闲下来，躺在靠椅上看星星。夜空像茫茫戈壁一样，那些朝黑暗里走远的人，夜夜回头，我在书院的松树下，等候他们回望的目光。迟早我也加入其中，在奔赴无尽黑暗的路上，我夜夜回头，到那时坐在夜空下看星星的人是谁呢，谁从茫茫星空里辨认出我微弱而深情的目光。谁的思念会让我如花开放般醒来呢。

在书院的松树和杨树上面，在稍远的山坡上面，星空荒芜着。它底下的山坡沟底，年年种麦子种土豆，年年丰收。

挖坑

我蹲在坑沿，看他们俩往外扔土。头一天，他们挖到半人深回去了。第二天挖到中午，老八找到方如泉，说坑两天挖不完，原来说的六百块太少了，让方如泉加点钱。方如泉说先干，干完再说。第三天下午，他们终于把自己挖进了坑里，只见一锹一锹扔出来的土，我没再去坑沿上看。我一去，老八就跟我说干亏了，让加点钱。

老八和老五算天工的时候，可能都忘掉自己的年纪，他们都五六十岁的人了。年轻时挖一个菜窖，也就一两天工夫。后来，菜籽沟就没有人家挖菜窖了。老八老五也有十年时间没挖过菜窖了。这十年他们挖的最多的是管沟，自来水通到村里，光缆拉进村里，都得挖沟往地下埋。他们早已忘了挖菜窖这回事了。可是，我们书院要挖一个大菜窖。我们地里的洋芋丰收了，黄萝卜也丰收了。得有一个大菜窖来冬藏。方如泉找来老八，老八在地上踏了尺寸，一口价要了六百块。老八回去又拉上老五。他们俩计划两天干完，一人挣三百。可是，他们干了整整三天。最后一天，干到星星出来了，菜窖的深度还差半尺。第四天上午，两人又过来补挖，等于干了三天半。

多干的这一天半，成了老八给自己挖的一个坑。菜窖挖完了，院子的其他活还在继续，老八每天一早骑摩托来，干到中午回家吃饭，下午又来干到天黑。只要碰到方如泉，老八就说加钱的事。他说自己多干一天半不要紧，关键是老五不愿意，老五六十多岁的人了，被自己叫来干活，还干赔。说自己挖菜窖累得胳膊疼，现在都没缓过来。还说自己夜夜做梦，梦见自己在一个越挖越深的坑里，出不来。方如泉只是笑着装糊涂。老八一嘟囔他就走开。

方如泉到最后也没给老八他们加钱。这期间我去湖北"长江讲坛"讲了一场课，题目是"从家乡到故乡"。我用自己独特的散文语言，带着在场的五六百人，从家乡出发，往永恒的故乡走。那么多的人，跟着我回家，一个童年的家，路窄窄的，天低低的，光线时暗时明。我讲的是我一个人的家乡，但是，那条语言之路通向所有人的故乡，仿佛人人都回到自己的故乡，我带他们去，喊他们回。他们仿佛忘记了回。

演讲结束后，突然觉得我给他们挖了一个叫故乡的大坑，我把他们带进一个大坑里。离开武汉后的好多天，一些人还在我挖的那个坑里，我从微博信息中看见他们留言，有一个读者说，刘亮程老师都回新疆了，我还在他讲述的那个村庄里。

我回到菜籽沟时菜窖已经挖好，里面躺了一堆洋芋。这个温暖的盖了顶棚的大地窖，成了一堆洋芋的家。在接下来的漫长冬天，我们会一次次地下到窖里，拿洋芋出来，炒土豆丝，做土豆烧牛肉。到那时，老八梦里的那个坑或许还没挖完，这个活他得在梦里干一个冬天，我们帮不了他，或许他会叫上老五，老五比老八聪明，但老五不知道，每个夜里老八都拉着他挖坑，一边挖一边听老八嘟囔活干亏了。老五就这样被老八白白地在一场场的长梦里使唤，他以为自己睡觉休息了，他干完白天的活，回家洗漱，吃妻子做的汤面条，有时还自己喝两口酒，然后上床睡觉。可是，他睡着后被老八喊走了，他不知道自己夜夜在老八的梦跟着他挖坑，那个坑越挖越深，永远挖不完了。因为老八认为挖亏了，所以在每个梦里，老八都扭亏为盈，他在一些梦里轻松挖好坑拿了钱，分给老五一半，有时不分，自己独吞。可是，那些梦里挣的钱他带不到梦外。醒来他依然是亏的。这个梦没完没了。老五每天睡不醒，白天干活老没劲，他不知道劲去哪儿了，只能承认自己老了吧，有些人就是这样老的。当然，也有另一种老法，像老八，掉进一个坑里，出不来。

我们的菜窖呢，只装了小半窖洋芋。我们说洋芋丰收了要挖一个大菜窖的时候，没有谁怀疑。可是，我们在书院的第一季洋芋没有丰收，但也足够吃到来年的洋芋成熟。其间大菜窖会逐渐空荡地等候新一年的收成。只是我没下去看过，下菜窖都是方如泉和方圆的事。我只是偶尔经过时探头朝里看看，有时晚上经过，突然想起老八，不由得站住。菜窖上面星星密布，在多少个有月光的夜里，这个菜窖被一次次重新开挖，我看不见老八和老五，他们或许能看见我，在老八完全封闭的梦里，我的脚步声传不进去，太阳月亮的吠叫声传不进去，厨房煮肉炒菜的香味飘不进去，金子提茶壶倒的一碗水递不过去。在他们挖菜窖的那几天，金子每天做完饭洗好碗给他们烧一壶茶放在坑边，老八老五都夸金子热心。在老八不着边际的梦里，金子是否也一次次地给他烧茶，我不知道进入老八梦境的门在哪。但我一定夜夜在他梦里，他光梦见挖坑不行，得有一个梦中给他付钱的人，那个人肯定不是方如泉，因为方如泉不会给他加工资。他有一次找到我，说坑挖亏的事，我答应给他加一点。可是，我去湖北讲课了，回来再没见到他。他在梦里每重挖一次坑，我就给他加付一次工钱，我不知道给他付了多少钱，一个小小的菜窖会让我没完没了地给一个梦中人付钱。也许我早把所有的钱付完，变成一个穷光蛋。接下来，老八会不会在梦中翻身，我们书院和所有房子，都归了他。他背个手，站在坑沿，看我给他挖菜窖，一天天把自己陷到一个深坑里。他低头跟我说话，我在坑里仰脸看他，说这个坑挖亏了，让他加点钱。他说加钱？没门的事。一扭屁股走了。

黑暗

老八拖着黑黑的影子从坡上下来。他的摩托车停在大路边，我以为他会骑摩托回家。如果他骑上摩托，黑影会被他甩掉。老八骑摩托野得狠，"鬼都追不上"。这是老五说的。老五的意思是鬼追不上飞跑的摩托。我有点不信。年前我看见有人在路边烧纸汽车纸摩托，可能鬼早已经骑上了摩托。也可能鬼不骑摩托，他们有更快捷的工具——影子。

鬼在黄昏时躺在那些疲惫的人影里被带回家。人在地里干活，鬼蹲地头看。也不看，冥冥地待着，等人干完活。也不等，等和看这些事情，对鬼来说也早已不存在。鬼只是冥冥到日头倒西，人的影子伸长过去，把鬼接上。

在能看见鬼的小孩眼睛里，鬼仰脸躺在人影子里，头脚对齐，很舒坦的样子。有时鬼坐起来，驾牛车一样吆喝人的影子前行。藏了鬼的影子拖累人，但人认为是自己干活累的，不会想到被影子拖累。

鬼舒坦地躺在影子里跟人回到家。也早不是原先的家。墙上的照片都撤了，以前的旧家具也不在，房子的主人换了几代，但人还是熟悉的相貌，姓也没变。

鬼是能记得自己的姓的，也记得在世时家人的样子。后人时不时地念想让鬼冥冥地睁开眼，朝着人世里望。望着就想回来一趟。循着黄昏时母亲喊孩子的叫声回来，听着吱呀的开门声回来，挽着袅袅炊烟回来。更多的贴着地上长长的影子回来。

路拐个弯，影子颠簸一下，到家了。墙根玩耍的邻家小孩对着影子大叫，自家的狗也对影子叫。人烦了，喝住小孩，撵走狗。小孩和狗都惊愕地看着一个躺着的黑影鬼鬼祟祟进了院子。

菜籽沟能看见鬼的小孩都长大走了，到外面上学谋生活，逢年过节回来一下。也都再看不见鬼。

剩下半村子老人，都避讳言鬼。看见鬼也不说。装没看见。就真的好多年没人看见鬼了。好像这世上真的没有鬼了。

老八没骑摩托回家，他直直进了我们院子。月亮猛扑过来，对着老八的影子狂咬，它看见这个人拖来的黑影里有不好的东西。我也看出了，他的影子比黑狗月亮的还黑。一个累坏的人，拖着比别人更黑的影子来到我们院子。我故意朝老八走近几步，两个影子并一起时我吓一跳。我闲了半天，影子淡淡的。老八的影子比我黑一层。

我赶紧问老八啥事，我害怕他把影子丢我们家院子。

有些人知道自己影子里藏了不好东西，回家前想法把影子丢掉。丢的方法多。比如，把影子拖进树荫里，自己溜掉。还有，骑驴背马背上，人和牲口影子叠一起。再就是天黑前找个借口进谁家，太阳落山了再出门，影子就丢给这家了。

再就是骑摩托，油门一轰，"呜"地一溜子土，人瞬间不见。啥东西都甩掉了。

老八不像是要有意害我们的人。他割了一天麦子，腰还没全直起来。他的影子也弓着腰，看上去比老八委屈。

我问：今年麦子收成咋样。

老八说：没球相，顶多打一袋子多。

老八说的是一亩地收了一袋子多麦子，也就一百公斤的样子。每公斤麦子卖两块多，一亩地收二百多块钱，加上政府每亩地一百多的补贴，合三百多四百多块，机耕费种子费一除，落二三百块，还不算自己的工钱，要给别人割一亩地麦子，少说也挣一百五十块。

老八种了三十亩地麦子，算下来纯收入六千多。

"白忙活。"老八说完咧嘴笑了笑，骑摩托走了。

他没说来我们院子有啥事。我也没问，他丢下一句"白忙活"走了。

我突然觉得心里闷闷的，好像他把三十亩地的负担全卸给了我，把白忙活的一年丢给了我。

老八一夏天在我们书院打零工，每天挣一百三十元。他六十多了，比我大几岁，没有啥手艺，只能干小工的粗活，拿小工的低工资。

老八干得最多的是挖管沟，他一点点地把自己挖进沟里。然后，只见一团一团扔出来的土。每次他从自己挖的深沟里出来时，都拖出黑黑的一截影子。月亮见他从管沟里爬出来就扑过去咬。月亮是天生的看家狗，见人在院子里拿东西就咬，对两手空着走在院子里的外人，它只是盯着看。从土里钻出来的老八让月亮感到了不安。它看见了我看不见的东西。

一个黄昏，老八拖着从自己家麦地里弓腰一天的劳累，来到我们院子，他把那片麦地里的黑拖到我们院子，就像他一次次地从自己挖的管沟里爬出来时，把土里的黑拖到地上。

月亮跟着他的屁股咬，想把他撵走，可是他不走，跟方如泉说账的事，他挖管沟的活少算了一天，把一天丢了。按日期算天数又没丢。他进院子挖了七天管沟，按七天付工钱。但他硬说是八天。他干了八天活。这七天里他从沟里上来下去多过出来一天。谁知道这一天该咋算。

老八出院门时月亮依旧对着老八的影子咬。它可能闻见影子的不明气味，看见影子里藏着的黑东西。老八不理识月亮。在月亮一嘴紧迫一嘴的吠叫里，老八的影子渐渐拉长，月亮的叫声也渐渐拉长。最后，老八的影子伸到院门外，跟门口小河边榆树的影子并成一体，跟门外坡地上麦田的影子合为一体，一个更大的阴影从天上地上盖过来，天突然黑了，我一低头看见整个夜晚，跟在老八拖进来的黑影子后面，悄悄地覆盖进院子。

我们没有在天黑前关住院门，把黑夜挡在门外。

我们的院门一直敞开到月亮出来。那时我在半睡半醒间，听见书院的皮卡车从外面回来，车灯直直照亮院子，照到台阶上的孔子像。然后，我听见铁门和锁链相碰的声音，高高的，仿佛响在月亮和星星上面。

赵木匠

赵木匠家弟兄五个，以前都是木匠，现在只剩下他一个干木匠活。菜籽沟村的老木匠活只剩下一件：做棺材。这个活一个木匠就够做了。做多少都有数，只少不多。村里七十岁以上的，一人一口。六十岁以上的也一人一口。算好的。也有人一直活到八九十岁，木匠先走了，干不上他的活。这个不知道赵木匠想过没有。也有人被儿女接到城里住，但人没了都会接回来。

赵木匠的工棚里，堆了够做百十口寿房的厚松木板，一个寿房六块板，所谓三长两短，是前后两块短挡板，左右帮板和底板三块长板，没有算盖板。我在里面看了好一阵，想选几块做书院的板桌，又觉得不合适，那些板子在赵木匠心里早有了下家，哪几块给哪个人，都定了。做一口寿房多少钱，也都定了。不会有多大出入的。

村里的老人或许不知道赵木匠心里定的事。有时哪家儿子看着老父亲气不够，可能活不过冬天，就早早地给赵木匠搁下些定金，让把寿房的料备好，到时候很快能装出来。更多时候是赵木匠自己做主，把他想到的那些老人的寿房都定制了。早晚都是他的活，人家不急他急，他得趁自己有气力时把活先做了，万一几个人凑一起走了，他又没个打下手的，那就麻烦了。

赵木匠心里定了的事，人不知，鬼会觉。棺材铺是鬼聚会的地方。半夜里鬼忙活着抬板子，三长两短盖房子，给每人盖一间，盖到天亮前拆了，板子抬到原处。我不能买老木匠和鬼都动过心思的板子。我看几眼，倒退着出来，临出门弯个腰，算请罪了。

我们的大书架和板桌、木桥，原打算请赵木匠做的，问了下工钱，也不贵。但最后请了英格堡乡打工的外地木匠。也是想着赵木匠二十年来只做寿房，他把菜籽沟的门窗、立柜、橱柜、八仙桌还有木车都做完了，一个老木匠时代的活，都叫他干完，我不忍再往他手里递活。另一个就是考虑他下料、掏卯、刨的时候，脑子里可能都想的是打寿房的事，我不能让他把这个活想成那个活。

赵木匠到我们书院串过几次门，他跟我们说着话，眼睛盯着院子里成堆的木头木板，他一定看出这摊木活的工程量。

他没问我们要干啥。我也没给他说我们要干啥。赵木匠耳朵背，我怕跟他说不清，我说这个，他听成那个。所以啥都不说。赵木匠是个明白人，他心里一定也清楚，一个木匠一旦干了那个活，也就不合适干别的活了。对木匠来说，干到可以干那个活，就简单了，所有以前学的花样都不用了，心里只有三长两短的尺寸，和选板的厚道。赵木匠是厚道人，我看他备的松木板，一大拃厚，觉得踏实。

我们来菜籽沟的头一年，村里走了三个人，外面来的小车一下摆满村道，仿佛走掉的人都回来了。

冬天的时候我不在村里，方如泉说菜籽沟办了两个葬礼和十几家婚礼，礼钱送了好几千。我交代过，只要村里有宴席，不管婚丧嫁娶，知道了就去随个份子。

村委会姚书记说他一年下来随礼要上万。哪家有事情都请他。他都得去。姚书记一点不心疼随了这么多礼。他的儿子这两年就结婚，送出去再多，一把子全捞回来。

村里出去的孩子，在城里安了家，结婚也都回村里操办，老人在村里，养肥的羊喂胖的猪在村里，会做流水席的大厨子在村里。再有，家人大半辈子里给人家随的礼账子也在村里，要不回村里操办酒席，送出去的礼就永远收不回来了。

也是我们到菜籽沟的这一年，英格堡乡出生了两个孩子，我听到这个数字心里一片荒凉，几千人的乡，一年才生了两个孩子，明年也许是一个，后年也许一个孩子都不出生，到那时候，整个英格堡、菜籽沟，只有去的人，没有来的。

醒来

在我不曾醒来的早晨，你们挖开渠口，往我半月前浇过的菜地放水，你们低声呵斥月亮别叫，把渠边那根大木头抬到后墙边，又担心我醒来看见木头不见，四处找。你们把地边的草割了，晾干码成垛，在我让老王架起的草棚上，你们又往高垛了半个夏天的干草，你们中的谁爬到垛顶，低声喊月亮太阳，它们俩欢蹦着朝上吠叫，又更低声地似乎正在心里喊我的名字，在连狗都听不见的那声呼喊里，我早年的醒又醒来一次，我看见那时的我，好多个我，从菜地，从果园的浓密绿荫下，从门外的大路，从我一次次睡着的西北间的屋子，从山坡，从和谁的匆忙握别里，朝那个声音处走，步子轻快，眼睛朝上，耳朵侧着，那些走来的身影里有三十岁的我，二十岁、十五岁的我，亦有五十岁、八十岁的我，他们在谁的一声喊唤里来了，一步步往草垛聚拢，在渠边，十五岁的我好奇地看着五十岁的我、八十岁的我像一个孩童，蹦蹦跳跳超过十岁的我，然后，他们到了草垛下面，似乎又摞了好多个夏天的干草，我看见它高入云端，他们也仰头看，又好奇地相互看，那个呼唤声再没有了，草垛上只一个梯子，高晃晃竖立，我认出那是我少年时爬过的梯子，他们也都认出来了，在我的记忆里，那个上房的梯子总是短一截子，下房时一只脚探下来，找梯子，身体害怕地爬在房檐。这个记忆延伸到无数的梦里，他们围着梯子，谁先上去呢，已经站在高高草垛上的又是谁呢，他朝下看，看见我各个年岁里朝上仰望的眼睛，那是他们中间的一双，早早地到了高处，星星一样静静回望。

在我不愿醒来的那个早晨，你们收住渠口，地里的菜都已长熟，我最喜欢吃的茄子、西红柿、芹菜长得尤其好，它们从未长得这么好过。在一个又一个早晨的无边长睡里，你们起来摘菜做早饭，喊干活的人吃饭，大声地喊，我寂静地听着。突然地，谁的一声喊到了我，又猛地停住，她意识到自己喊错了，声音已放出去，收不回来，所有人都听见了，都停住，走路的停住脚步，吃饭的停住筷子，太阳月亮也愣住，我喜欢地听着，用我长长一生里所有的耳朵，去追那个散远的声音。我等着谁喊第二声，等她声音再大点喊我一声，等她没有声音地在心里唤我一声，喊第三声，像她习惯喊我的那样，她早已习惯了连喊我三声，我早已习惯了在她的第三声里起身，我等她的第二声，等她喊第三声，她喊了我就起来，出门左拐，到餐厅，到她喊我去的任何地方。

可是没有，她只喊了一声，突然就没声音了，所有人都没声音了，月亮太阳都不叫了，我在那时装糊涂没有起来，没去吃那个早晨的洋芋面条，没去走那个上午的路，没去晒那个下午的太阳。然后，我听见刮风了，满天空的落叶声，一层一层树叶，给大地盖上被子，我暖和地闭上眼睛，想着一百个一千个秋天的金黄落叶会是多么的温暖。

2014 年

月亮在叫

那一夜刮风，我听见三层声音，上层是乌云的，它们在漆黑的夜空翻滚，碰撞，磨蹭，挨挨挤挤，像往更黑暗的年月里迁徙搬运。中层是大风翻过山脊的声音，草、麦子、野蔷薇和树梢被风撕扯，全是揪心的离散之声。我在树梢下的屋子里，听见从半空刮走的一场大风，地上唯一的声音是黑狗月亮的吠叫，它在大杨树下叫，对着疯狂摇动的树梢叫，对着翻滚的乌云叫。紧接着，我听见它爬上屋后被风刮响的山坡，它的叫声加入山顶的风声中，在更高的云层中也一定有它的叫声。它在那里撕心裂肺地叫。我不知道它遇见了什么。对一条狗来说，这样的夜晚注定不得安宁，从天上到地下，所有的一切都发出响动，都在丢失。它在疯狂跑动的风中奔跑狂叫，像是要把所有离散的声音叫回来。

另一夜我被它的狂吠叫起来，循声爬上山坡。我猫着腰，双手爬地，在它走过的草丛中潜行，它在自己的吠叫声里，不会听见背后有一个人爬过来，我在离它不远的草丛停住，看见它伸长脖子，对着天上的月亮汪汪吠叫，我像它一样伸长脖子，嘴大张，却没有一丝声音。

满山坡的白草，被月光照亮。树睡在自己的影子里，朝向月亮的叶子发着忘记生长的光。我扬起的额头一定也被月光照亮，连最深的皱纹里都是盈盈月光。

这时我听见远处的狗吠，先是山坡那边泉子村的，一只嗓门宽大的狗在叫，像哐哐的拍门声，每一句汪汪声都在敲开一面漆黑的大门。紧接着村子北面的几条狗在吠叫，南边大板沟的狗吠也隔着山梁传过来。

此刻我们家的牧羊犬月亮，正昂首站在坡顶明亮的月光里，站在四周汪汪的狗吠中心。

我站在它身后，一声不吭。

我们不在院子的多少个黄昏和夜晚，它独自爬上山坡，用一只母狗的汪汪吠叫，唤起远近村庄的连片狗吠。然后，它循着一个声音跑去，每跑过一片坡地麦田，每爬上一座荒草山顶，都停下来，回头看身后的院子，侧耳听后面的动静，它对这个大院子的不放心，使它一夜夜地不曾跑远，那些夜晚的风声带着满院子树叶屋檐的响声，把它唤回来。它回到自己的院子里吠叫，把远近村庄的狗，叫到书院四周，它们进不了院子，不知道院墙上它独自进出的狗洞。

那样的夜晚，院子没有人，月亮的叫声悠远孤高，它不是叫给我们听，它知道自己的主人在听不见狗吠的远处，它在院子里闻不到主人的气味，从远处刮来的风中也没有主人的气息，整个院子是它的，悄然矗立的房子是它的，树荫间寂静移动的月光是它的。

又一个夜晚，我听见它吠叫着往山坡上跑，一声紧接一声的狗吠在爬坡，待它上到坡顶，吠叫已经悬在我的头顶，我仰躺在床上，听见它的叫声在半空里，如果星星上住着人，也会被它叫醒。

接着我听见它的叫声跑下山那边的大坡，那个坡似乎深不见底，它的声音正掉下去。其实那边是泉子沟的山谷，不深，只是月亮的吠叫深了，我再听不见。

我担心地躺在床上，不知道什么声音把它喊走了，想起来去看看，又被沉沉的睡意拖住。

那样的夜晚，天上的月亮从东边出来，翻过菜籽沟，逐渐地移到后面的泉子沟。这只叫月亮的狗，跟着天上的半个月亮，翻山越岭。

它可能不知道天上悬着的那个也叫月亮。但它肯定比我更熟知月亮，它守在每个有月亮的夜里，彻夜不眠。在无数的月光之夜，它站在坡顶或草垛上，对着月亮汪汪汪吠叫，仿佛跟月亮诉说。那时候，我能感觉到狗吠和月光是彼此听懂的语言，它们彻夜诉说。我能听懂月光的一只耳朵，在遥远的梦里，朝我睡着的山脚屋檐下，孤独地倾听。我的另一只耳朵，清醒地听见外面所有的动静里，没有一丝月光的声音。

它一定知道我在听。

它听见屋后山坡上的响动。有时一场大风在翻过山顶。有时一个人悄然走过，踩动草叶的脚步声被它灵敏的耳朵听见。有时它听见黑云贴地，从后山压过来。比前半夜更黑、更冷，听见最黑的夜在走来，走进这个山谷。

它知道我的耳朵听不见黑夜到来的声音。它在我的门口叫，在窗户边叫。它要先叫醒我，让我知道夜已经变得更黑更阴冷。

有时它叫得紧了，金子会喊我出去看看。更多时候我懒得出门，打开手电从窗户照出去，光柱对着两侧教室的门窗扫一圈，对着高高的白杨树和松树扫一圈，对着孔子像前的台阶照下去，大门和外面的马路，都被树挡住。

看见手电光它会回来，站在光柱里，扭过头看。我打开窗户，探头出去，喊一声"月亮"，我的喊声在它停息吠叫的大院子里，空空地响着。在后半夜的梦里，我悄然走在有它陪伴的月光里，它对着天上的月亮叫，那声音却像是我的，我听见自己的叫声像繁星一样密布在夜空，多少年来，我并不比一只狗喊叫得少。

有时它的叫声在院子外面，在屋后山坡上，我的手电光越过树梢，朝它对着吠叫的月亮照过去，这来自地上的一束光，和跟在其后的一缕目光，在遥遥的月亮上，和一只狗的仰望相会。

有一夜它不停地叫到天快亮，我睡着又被它叫醒，金子一直醒着，她过一阵对我说一句，你出去看看吧，院子可能进来人了。

我说没事，睡吧。

说完我却睡不着，满耳朵是月亮的狂吠。它嗓子都哑了，还在叫。

我穿衣出去，手电朝它狂吠的果园照过去，走到它吠叫的教室后面，对着穿过林带的小路照。月亮亲热地往我身上蹭，我摸着它热乎乎的额头，它叫了一晚上，就想叫我出来看看，许多东西在夜里进了院子，但我看不见它所看见的。我关了手电，蹲下身耳朵贴着它的耳朵静听了一会儿，又打开手电，天上寥寥地闪着几颗星星，光亮照不到地上。树挤成一堆一堆，感觉那些高大的树都蹲在夜里，手电照过去的一瞬，它们突然站起来。

果真有人进了院子。那是另一个夜晚，我掀开窗帘，看见一个人走进大杨树下的阴影里。我赶紧起床，开门出去，手电对着那块阴影照，什么都没有。月亮在我前面狂咬，顺着穿过白杨树阴影的小路往上走，前面是一棵挨一棵的大树，那个人不见了。

我回来睡觉。过了会儿，月亮又大叫起来，我掀开窗帘看见刚才那个人正从大杨树的阴影里走出来，这次我看清了，他肩上扛着东西，还打着一个小手电。月亮只是站在台阶上狂咬，不接近那个人。

我出门喊了一声。那人站住，手电照过去，看见他肩上的铁锨。

是书院后面的邻居，他在夜里浇地，水渠穿过我们的大院子，他沿渠巡水。

月亮见我出来胆子大了，直接扑上去咬。我喊住月亮，和那人说了几句话，仍然没认清他是谁。

这时东方已经泛白，从对面山梁上露出的曙光，还不能全部照亮书院。我喜欢这种微明，天空、树、房子和人，都半睡半醒。

头遍鸡叫了。我们家那只大公鸡先叫出第一声，接着，一山沟的鸡都开始叫。

我看看手机，早晨六点。我还有三个小时的回头觉，得把脑子睡醒，不然一天迷迷糊糊，啥事情都想不清楚。

另一夜大风进了院子，呼啦啦地摇白杨树和松树，摇苹果树和榆树。月亮在铺天盖地的风声里听见一个人的脚步声，它对着果园狂叫。我也隐隐听见了，像是多少年前我在那些刮大风的夜晚回家的脚步声，被风吹了回来。

我起身开门，顶着凉飕飕的秋风，走进月亮吠叫的果园。这时候大风已经把天上的云朵刮开，月亮星星，照亮了整个院子，我没有开手电，在清亮的月光里，看见一个人站在苹果树下，摘果子。风摇动着果树梢，树下却安安静静。那个人头伸进树枝里摸索一阵，弯腰把摸到的苹果放进袋子。那些苹果泛着月光，我想在他弯腰的一瞬看见他是谁。但是，他一弯腰，脸就埋在阴影里。我在另一棵苹果树下，静静看他摘我们家的果子，有一刻他似乎觉察出了什么，朝我站的这棵果树望，我害怕得憋住呼吸，好像我是一个贼，马上要被发现了。接着他又摘了几个果子，背起袋子朝后院墙走。

我静悄悄站在树下看那人弓腰背东西的背影，像是看早年某个夜里的我。月亮靠在我的腿边，也安静地看那个人。它或许在等我开口说话，它等了好久，终于忍不住，狂叫着扑过去。那人一慌，摔倒在地，爬起来便跑，跑到院墙根，连滚带爬，从院墙豁口翻了出去。

我没有喊月亮。它追咬到豁口处停住，对着院墙外叫了一阵，又转头回来。

我带着月亮穿过秋风呼啸的果园，不时有熟透的苹果落下来，"腾"的一声。有时好多个苹果"噼噼啪啪"地落在身边，我慢慢地走着，弓腰躲过斜伸的树枝，我想会有一个苹果落在我头上，"腾"的一声，我猛地被砸醒，发出疼痛的"哎呀"声。

可是没有，从始至终，我没有发出一丝声音，甚至没有叫一声月亮。

待我回屋躺在床上，突然后悔起刚才自己的噤声。月亮那样声嘶力竭地叫我出去，它是想让我叫一声，它想让只有孤单狗吠的夜晚，有我的一声喊叫。可是，我没有出声。

在我沉睡前的模糊听觉里，它孤独的叫声又在外面响起来

035

菜籽沟早晨

了，一声接一声地，把我送入凉飕飕的梦中。

在无数个刮风的夜晚，它彻夜不眠，风进院子了，树梢在动，树的影子在动，所有的东西都发出声音，连死去两年的那棵枯杏树，都呜呜地鸣叫。

黑狗月亮的吠叫淹没在巨大的风声里，仿佛它被风吹着叫，它的叫声也成了风声的一部分。在它过于灵敏的耳朵里，风吹树叶的声音一定大得惊人。那时我在自己辽远的睡梦里，我偶尔的一两句梦呓飘出窗户，它听见了，紧跑过来，耳朵贴窗根，想听见我在梦中发生了什么，是否有一声在喊它。

如果我在梦中喊它，它一定听不见，我嘴大张，叫不出一丝声音。我在一夜风声中梦魇住。

外面天已大亮。

2018年写于木垒书院，
2019年5月10日改于阿克苏机场

等一只老鼠老死

我妈种的甜瓜，熟一个被老鼠掏空一个。去年老鼠还没这么猖獗，甜瓜熟透，我们吃了头一茬，老鼠才下口。可能这地方的老鼠没见过甜瓜，我们让它尝到了甜头。今年老鼠先下口，就没我们吃的了。

"白费劲，都种给老鼠了。"我妈说。

老鼠在层叠的瓜叶下面，一个一个摸瓜，它知道哪个熟了，瓜熟了有香味，皮也变软。我们也是这样判断甜瓜生熟。老鼠早在瓜苗开出黄色小花，结出指头小的瓜娃时，就在旁边的洋芋地里打了洞，等甜瓜长熟。老鼠不吃洋芋，除非饿极了。只有我们甘肃人爱吃洋芋，吃出洋芋的甜。去年给我们盖房子的河南人和四川人都不喜欢吃洋芋，他们爱吃红薯。

甜瓜的甜确实连老鼠都喜欢，它吃香甜的瓜瓤，还嗑瓜子。有时老鼠把一个熟了的甜瓜咬开，只是为了嗑里面的瓜子，把整个瓜糟蹋了。我们没办法跟老鼠商量，瓜熟了我们先吃瓤，瓜子留给它们吃。事实上，我们所吃的西瓜甜瓜籽，都扔在外面喂老鼠和鸟了。老鼠明知道我们不吃甜瓜籽，我们只吃瓜瓤，瓜子迟早丢在地上给它吃，它为啥不等一等，非要跟我们过不去，让我们想方设法灭它呢。

瓜槽践完就轮到葵花苞米。秋天收葵花时才发现，那片低垂的葵花头几乎没籽了，老鼠老早已顺着葵花秆爬上来，一粒一粒偷光了葵花子。我提着镰刀在葵花地里找老鼠漏吃的葵花，一个个地掀开葵花头，下面都是空的，像一张张没表情的脸。

我们种的葵花一人多高，老鼠得爬上爬下，每次嘴里叼一个葵花子，得多久才能把脸盆大的一盘葵花子盗完，又多久才能把一地葵花子盗走。老鼠也许不用爬上爬下，它用牙咬下一颗，头一歪扔下来，下面有老鼠往洞里搬运。老鼠甚至不用下去，沿那些勾肩搭背的阔大叶子，从一棵转移到另一棵，挑拣着把籽粒饱满的葵花头盗空，把没长好的留给我们。

最惨的是玉米，老鼠爬上高高的玉米秆，把每个玉米棒子上头啃一顿。我妈说，老鼠啃过的，我们就不能吃了，只有粉碎了喂鸡。

老鼠赶在入冬之前，把地里能吃的吃了，吃不了的也啃一口糟蹋掉，把能运走的搬进洞。我们收拾老鼠剩下的，洋芋挖了进菜窖，瓜秧割了堆地边，豆角和西红柿架收起来，码整齐，明年再用。不时在地里遇见几只老鼠，又肥又大，想一锨拍死，又想想算了。老鼠在洞里储足了粮食，或许就不进屋里扰我们。冬天院子里寂静，雪地上一行行的老鼠脚印，让人欣喜呢。老鼠在大冬天走亲戚，一窝和另一窝，隔着几道埂子的茫茫白雪，大老鼠领着小的，深一脚浅一脚，走出细如针线的路。

那时节村里人一半进城过冬，一宅宅院子空在沟里。留下的人喂羊养猪，各扫门前雪，时有亲戚上门，吃喝一顿。

还是有一只老鼠进屋了，把我们住的屋子当成家。它在屋顶的夹层里啃保温板，掉下一堆白色颗粒。在书架上蹿上蹿下，偶尔在某一本书上留下咬痕和尿迹。钻进我写废的宣纸堆，弄出一阵纸的声音，和我白天折宣纸时弄出的声音一样。爬上我插干花的陶瓷酒瓶，不小心翻倒花瓶。还吱吱吱叫。屋里就我和它，如果它不是叫给我听，便是自言自语了。它应该知道屋里有一个人在听它叫，它满屋子走动，用这些响动告诉我这个屋子是它的吗？

最难忍的是它晚上咬炕头的大木头磨牙，大炕用一根直径半米的大木头做炕沿，木头原是人家老房子拆下的横梁，表皮油黄发亮，似乎那家人百年日子的味道，都渗在木头里。炕面是木板，贴墙顶天立地一架书。书架的圆木也是老房子拆下的料。当初用木板一块块地封住炕面时，我就想到了这个空洞的大炕底下，肯定是老鼠的家了。

老鼠不早不晚，等到我睡下，屋子安静了开始咬木头，咯吱咯吱的声音响在枕头底下。它在咬炕沿的老木头磨牙。我咳嗽一声，它不理睬。我用拳头砸几下床板，它停住，头一挨枕头它又开始咬。我在它咬木头磨牙的声音里睡着，有时半夜醒来，听见它在地上走，脚步声轻一下重一下。

我从厨房带两个土豆过来，在炉子里烧一个吃了。第二天，剩下的那个土豆不见了。一个拳头大的土豆，它怎么搬走的，又藏在了哪里。

　　一次我们离开半个月，它把屋里能吃的都搬走吃了，或藏了起来。客人带来的两包小袋装的鹰嘴豆，它从一个角上咬烂外包装袋，把小袋装鹰嘴豆全搬空。我在炕边的洞口处，看见一堆吃空的小塑料袋。它可能真的饿坏了，我放在书架上作为插花的一大束麦子，全被它掐了穗头。连插在花瓶的一大把干野花都没放过，有籽的花秆都咬断。一篮子苹果吃得一个不剩。留下过年吃的一个大甜瓜，被它从一头咬开一个洞，又从另一端开洞出去。我侧头看它咬穿的甜瓜里面，散扔着瓜子皮，瓜瓤依然新鲜黄亮，本来留着自己吃的甜瓜，让这只老鼠品尝了。

　　厨师王嫂说，他们家灭老鼠，一是投药，二是放夹牢，三是布电线。

　　我们院子不投药，有猫有鸡有狗。况且，凡是跟药沾边的我们都不用，村里人打农药、除草剂，上化肥，我们全不用。

　　夹牢买来一个，铁丝编的方笼子，诱饵挂里面，老鼠触动诱饵，出口会"啪"地关住。当晚在诱饵钩上挂了半个香梨，老鼠爱吃香梨，上次回家留在书房的半箱子梨都让老鼠吃了。结果老鼠果真进了笼子，咬梨吃，触动机关，铁笼子"啪"地关住。我们睡着了没听见笼子关闭的声音。可能没关死，老鼠硬是挤一个缝逃了，把几缕灰色的鼠毛挂在铁丝上。接下来的几天几夜，诱饵依旧是香梨，夜里老鼠依旧在床板下啃木头磨牙，就是再也不进笼了。

我想菜籽沟的老鼠被各种各样的夹牢灭了几十年，早认下这个东西，知道它的厉害了。为了迷糊老鼠，我把那个黑铁丝笼子拿白纸包住，诱饵放在里面，老鼠记住的也许是那个黑色的方笼子，现在笼子变成白色的，它就不觉得危险。

可是，老鼠不上当。

我把夹牢移到隔壁房子，想这只老鼠没夹住不进笼子了，别的老鼠会进。结果呢，换了几个房子，还在常有老鼠偷出没的鸡圈放了几天，笼子里做诱饵的香梨都干了，没一只老鼠上钩，好像书院所有的老鼠都知道这是夹老鼠的夹牢，都绕着走了。

夹牢没用，五十块钱买来电灭鼠器，一个简易的盒子，我研究半天没敢用，那个电灭鼠器太玄乎，它直接将铁丝接上电源，拉在地面十公分高处，铁丝上吊诱饵，老鼠看到诱饵会立起身去吃，或将前爪搭到铁丝上，只要一挨铁丝，立即电死。

我问王嫂，他们家的电灭鼠器打死的老鼠多吗。

打死好几个。王嫂说。就是操心得很，人不小心挨上也会电死。

我们没有别的办法，只好堵住墙根能看见的所有朝外的洞，不让其他老鼠再进屋。这只自然也跑不出去。我只忍受一只老鼠闹腾。我想，老鼠的寿命也就两三年，这只老鼠有两岁了吧，我会等它老死。去年冬天它啃木头的声音好像更有劲，我们忍过来了。春天正在临近，夜晚屋子里没以前冷了，它啃木头的声音也变得迟钝，随着它进入老年，也许会越来越安静，不去啃木头磨牙，它的牙也许在开春前就会全掉了。它会不会变得老眼昏花，分不清白天黑夜，会不会糊涂得再不躲避人，步履蹒跚在地上走。如果它真的那样，我们怎么办？我是说，如果那只老了的老鼠，真的再不惧怕我们，跑到眼前，我们该如何下手去灭了它。

这真是件麻烦的事情。

在它老死之前，我们和它共居一室的日子，好像仍然没有边。我已经习惯了它咀嚼木头磨牙的声音，习惯了它留下的一屋子老鼠味儿。每次回到书院，金子都先打开所有门窗，把老鼠味道放出去。我甚至在夜里听不见它磨牙的声音了，是它不再磨牙，还是我的耳朵聋了再听不见。要说衰老，或许我熬不过一只老鼠呢。在它咯吱磨牙的夜晚我的牙齿在松动，我的瞌睡越来越多，我在难以醒来的梦中长出更多皱纹。还有，在我逐渐失聪的耳朵里，这个村庄的声音在悄悄走远，包括一只老鼠的烦人响动。

终于，我们和一只老鼠一起熬到春天，院子里的厚厚积雪已经融化，冬天完全撤走了，把去年的果园、菜地、林间小路都还给我们。金子打开前后门窗，在明媚的阳光里，要把一冬天的阴气和老鼠味道全放出去。

这时，我看见那只和我们折腾了两个冬天少有谋面的大老鼠，摇摇晃晃走出来了。它迟钝地迈着步子，往敞开门的光线里走。

我喊金子，喊方如泉，喊王嫂，喊烧锅炉的老爷子。

大家全围过来，看着一只大灰老鼠，颤巍巍走出门，它显然不是因为害怕而颤抖，它老了。它费劲地翻过门槛，下台阶时摔了一跤，缓慢爬起来，走到春天暖暖的太阳光里。它可是一个冬天都没见到太阳，好像晕了，朝我脚边跌撞过来，我赶紧躲开。我被它的老态吓住了。在我们讨论着要不要打死它的说话声里，它不慌不忙，朝有鸟叫和水声的院墙边走去。它或许记得两年前走进这个院子的路，那里有一个排水洞，通到院墙外的小河沟，翻过河沟，过马路上坡，就是年年人种老鼠收的旱地麦田，那是它过夏天和秋天的最好地方了。

2015—2017 年 8 月 17 日

两只老鼠的半个冬天

靠门口的墙角斜立着两个铁皮烟囱，下面三个尿素口袋，一个装扁豆，两个空着。它每晚在那里折腾，钻进空袋子里上蹿下跳，弄出哗哗啦啦的响声，也不怕我过去封住口袋捉住。它还钻进斜立的铁皮筒子，往上爬，爬到顶端呼啦啦滑下来。

我在夜里睡得安稳，听不见它弄出的声响。只有在睡前，它知道我们上床睡了，地上一旦没有人的脚步声，它胆子就大起来，一次次地在那个铁皮筒子里爬上溜下，爪子抓铁皮的声音吱吱啦啦。我们忍受着它的闹腾，逐渐地对那个声音习以为常，房间没有电视，只有炉火呼呼地燃烧，更多时候听不见，火静悄悄地把煤燃完，剩下一点点的白灰。木垒的煤是我用过最好的，耐烧，一晚上填两次，烧到天亮，屋里始终暖和，早晨打开炉圈，炉膛里最大的那块煤剩下一块紫红火炭，那是再续新煤的火种。

它们不是一只。是两只。另一只稍小点儿，不知从哪冒出来的。也许一直在洞里，刚长出毛，会走几步了，哥哥领着弟弟出来玩。在我夜晚的长梦里，它们一个跟一个，在屋子里走来走去，听见我的呼噜声也不害怕，听见我说梦话时会警觉地停住。

只是唯一听见我梦话的小老鼠耳朵，从来不知道我说什么，我也从来不知道自己在梦中说了什么，那么多的梦遗忘在长夜里。

后来我发现它们俩长得不像，不是一窝的。或许是它从外面领回来一只。在我们敞开门透风的大中午，它被外面亮晃晃的阳光吸引，也溜出晒太阳，正好碰到一只雪地上流浪的小老鼠，就领了回来。它领一只老鼠进门也不问问我们愿不愿意。这个屋子的事，它竟然一口做主了。下雪前我看见好几只乱窜的老鼠，它们着急了，大雪覆盖了地面，老鼠就只有靠洞里储藏的粮食过冬。当然，实在没吃的了，也可以钻在雪下觅食，那样就很费劲了，不见得刨一个雪洞过去，就正好对上一粒秋收遗漏的包谷。也许刨一天洞，累个半死，还没吃到一口呢，在冬天看似白茫茫的厚雪底下，散布着老鼠觅食的洞，它们偶尔从雪下面探出头，看看自己走到哪了，那个探头的小洞就留在雪地上，到春天雪会从这个冒着热气的小洞口开始融化，整个大地上的春天，有一只小老鼠的微小温暖。

如果雪底下再也找不到吃的，老鼠就往人家里跑，老鼠进人家的方式有几种，一是在门口蹲守，趁人进出门时窜进来，先在哪个隐蔽处藏着，待没有人声时沿墙根搜索一圈，再在桌子柜子床下面搜一圈，最主要是找到厨房，看有无以前老鼠打的洞，有了最好，没有就选个墙角挖。二是从外墙根挖一个洞进来。我们早知道老鼠的这些把戏，入冬前屋里屋外的老鼠洞口都用水泥封住，进屋前看看身后是否跟着一只老鼠。我们可以接受一两只老鼠，但无法和一群老鼠在一个屋里生活。老鼠一多胆子就大，敢上床，往被窝里钻，往脸上爬。

果园后面的坡地上有十几个碗口大的老鼠洞，我不太清楚这些老鼠洞每个是一家呢，还是一个大家族的许多个门洞，或许在地下它们洞洞串通。要是在早年，我会拿铁锹挖开看看，探个究竟。这样的探究，在年少时干了也就干了。好多事情一错过时间，就再不会去做。现在这些老鼠洞都是我们家院子的，老鼠或许不知道我是这个院子的主人，但我每天背个手走过果园时，它一定知道院子里住进来另一个人。

那两只小老鼠呢？有一天小黄狗太阳进屋来，闻见老鼠味道，三两下撵出小的那只，太阳像猫一般大，老鼠在床下躲不了，窜出门，太阳跟着追出去，我赶紧关门。剩下就是狗和老鼠的事。我真不喜欢有两只老鼠在屋里。

又一天我出去提煤，回来见太阳嘴里叼着一只老鼠，半个身子和尾巴在外扭动，赶紧喊一声，老鼠掉地上，已经半死，太阳抬眼看我，又看地上蠕动的小老鼠。我叹了口气，进屋关住门。外面的世界成了一只狗和一只老鼠的。我不想再管它们的事。炉子里的火快灭了，我得赶紧把煤续上。我拿火钩子掀开炉盖，往里倒煤，全是铁的声音，待一切做好，我坐在炉边，屋子里空荡安静，一点声响没有了。我看墙角，又看床下、铁皮筒、尿素口袋、葵花头、床腿，都空荡安静，再不发出一丝声音。

2015 年

我们院子的猫

窄如母腹的缝隙

它在一个早晨消失了，和我们仅有短浅的一点缘分。或许什么缘分都没有，它没看清也没记住院子里的一个人，我也差不多忘记它的样子了，但那个小生命最后的挣扎一直在我心里。

它刚出生一个月，不懂事，去黑狗月亮嘴边吃食，被咬了一口。它尖利地叫喊一声，然后没声音了，只是身子歪斜着打转，倒着转，像要转回到刚刚发生的那一刻之前。

后来不转了，歪着身子往草丛里钻。我把它抱在怀里，它使劲往我腋窝里钻。放在屋里地上，倒一碟牛奶，它不知道喝，只是低着头，往墙角钻，钻进一把合住的老式雨伞里，它的头和身子一直钻进筋骨密制的伞顶尖，我几乎拽不出它。后来它又钻进床下的纸箱中间，一夜里我听见它从那些窄窄的纸箱缝隙爬上爬下。

第二天早晨，我在最里面的纸箱缝里看见它，一对眼睛惊恐无助地看我，伸手去握住它的腰，它后退，不出来。夜里它钻遍这个屋里所有的窄小缝隙，仿佛它在找一条能让它回到母腹的缝隙。它不喜欢刚来到的这个世界，它带着幼小身体的剧疼，想回到疼痛发生之前的时间里。它往所有最小的缝隙里钻，每个缝隙的尽头都是绝壁，但它不信，它看见了绝壁上更小的缝隙，那里有它的生路，我看不见。

吃早饭时我抱它到厨房门口，那是昨天傍晚它被狠狠咬了一口的地方，牧羊犬月亮站在那里等食，黄狗星星站在月亮后面等食，星星早就知道月亮的霸道，给月亮的吃食，它是连看都不敢看的。可是刚出生一个月的小黑猫不知道。看见月亮它又歪着身子移过去，这下把月亮吓住了，它龇牙发怒，小黑猫不怕，又靠近，它后退发怒，小黑猫依然靠近。直到我喝退月亮。

小黑猫就在我们吃早饭的工夫，不见了，厨房前的草丛、韭菜地、玉米地、砖垛后面、餐厅、屋后菜地，全找遍了，都没有。

一直到秋天，草和蔬菜的叶子落光，地上所有被遮蔽的地方都一眼望穿，也没见它。

入冬前清除院子里的杂草，也没见它。

我想，它一定钻到了我们看不见的一个窄如母腹的缝隙里，永远地藏了起来。

大白游世界去了

大白生的一窝小猫，小黑让月亮咬伤消失了。另一个杂色猫送了人，最后剩下一对黄猫，长得一模一样，都是母猫，留了下来。

又过了一个冬天，大白不见了。开始十天半月不回来，以为丢了，有一天突然出现在厨房门口，看我们的眼神有点生。我妈说给大白喂点好吃的，猫都是嫌贫爱富。金子拿出一块肉递给它。我想它在别人家也不会吃的有多好。刚收留了它的人家，会给点好吃的想留住猫，过几天见猫不走了，养家了，便有一顿没一顿的。哪像我们书院，一日三餐都有猫狗的。夏天有喜欢猫狗的客人，都会多点一个肉菜，自己吃两口，剩给猫和狗。我们啃骨头时，听见屋外猫狗的叫声，也会嘴下留情，不把骨头啃太干净，留一些肉给它们。我想大白吃了肉，该不会再跑了吧。但它又不见了，而且再没回来。

有一次我在离书院五公里的月亮地村，看见大白在一家客栈院子里，我叫"大白"，它望我一眼。好似隐约记得自己有个大白的名字，也隐约记得眼前这个人曾经抱过它，喂过它食。但它记不记得谁知道呢。我叫着"大白"轻轻走过去想抱它，它扭身跑了。

给客栈女主人说，这只猫是我们书院的大白。

女主人说，我们养了快半年了，不过也养不熟，经常往外跑。

它去转世界了。

它从我们书院出去，头朝北往路两旁的人家里逛。哪家对它好，便多待几日。它越走心越野。走到菜籽沟头，要穿过一片坡地麦田，和一条车来车往的马路，才是月亮地村。它可能从别的野猫那里，得知月亮地村客栈多，游客不断，猫自然少不了吃肉啃骨头。按说我们书院的伙食也好，怎么留不住它呢。

后来我想，或许书院的老鼠不够几只猫吃。

猫最爱吃的还是老鼠。以前书院没养猫时，老鼠多到泛滥。后来养了一只黑猫，忙不过来。最多时有过五只猫，一个秋天和冬天过去，终于把老鼠吃得看不见了。以前老鼠多的时候，冬天雪地上到处是老鼠的小爪印，走成细细的长线，走到一处突然不见了，一个小洞进到深雪中。老鼠在雪底下也有路，它们顺着埋在雪下的草根，找草籽吃。吃饱了爬出来，在雪上面走。月亮和星星能闻出雪下有老鼠，位置判断准了，跳起来一头扎进雪里，咬出一只老鼠来，也不吃，逗着玩。

或许它到屋里有老鼠的人家，逮几天老鼠，觉得老鼠少了逮起来费劲，便换一户人家。猫到谁家都受欢迎，没人会伤害猫。

或许它把这个大院子留给自己的两个女儿，这两个完全不像它的女儿，也渐渐地跟它变得疏离。母猫在生育喂养小猫时跟人一样，自己瘦得皮包骨头，但每天去几趟后山坡捉老鼠，衔回来给小猫吃。它不把我们喂给它的肉给小猫，它要让小猫自小尝老鼠的味道，知道来到世上是要捉老鼠的。

猫妈妈为给小猫断奶，会躲出去失踪几天，让小猫自己出来捉老鼠吃。

小猫一旦长大，便不怎么亲了，也不会给年老的母亲养老，甚至不会捉一只老鼠来喂给母亲，像幼小时母亲喂它们那样。

其实我们院子从来也没断过老鼠，后山坡杏树下的草地上，一个夏天都有新土从老鼠洞刨出来，仿佛那一块坡地会生长老鼠，经常看见猫从坡上逮老鼠下来，那地方的老鼠就是逮不完。

后来我想，那是从别处跑来的老鼠吧，杏林南边是一大坡的麦地，一直通到村委会。朝西翻过山梁是更大的一坡麦地，周围布满大大小小的老鼠洞。麦地源源不断地养活出的老鼠，有一部分跑过栅栏到书院的坡地上安家，这是老鼠最好的安家地。老鼠偷了地里的麦子，躲到我们书院来吃，村民也不会翻过院墙到我们书院来灭老鼠。头顶的杏子落下来，也是老鼠最爱吃的甜食。入冬前还有机会钻进我们的房子，偷吃东西。不过，老鼠从来不认为自己在偷吃东西，不管地里的麦子还是屋里的粮食，在老鼠眼里都是它的食物。它吃饱吃胖了，又成为猫的食物。我们书院的老鼠，是多少只猫都吃不完的。

那大白为什么还要往别处跑呢？

丢掉的小猫

大白的两个女儿小黄倒是留住了，姊妹俩干啥都在一起，一起卧在窗台晒太阳，抱在一起懒洋洋躺在地上午睡，还一起怀了孕，但没生在一个窝里。姐姐生在厨房后面的木头垛里。妹妹生在我妈给铺垫好的纸箱里。

我一直没分辨清这对黄猫，金子说，它们一个是全身黄，一个鼻子嘴是白的，这可能是母亲大白留下的一点痕迹吧。

我探头数生在纸箱里的小猫，有七只，拿手机拍了照。当晚大猫就叼着小猫转移了。过了两天，发现它转移到狗洞上面的一个纸箱子里。也不知道它嘴里叼着小猫怎么跳上去的。我乘它不在，掀开纸箱盖看，少了一只小猫，可能它在搬家途中丢了。这一看又引起母猫警惕，它又挪窝了。这次是在下午，我看见它嘴里叼着小猫，往木头垛里钻。这是它姐姐大黄的地盘，它们俩平时不分不离，当了母亲后却不一样，有了各自的孩子，姐姐竟然把妹妹撵出来，不让它把小猫叼到住着自己孩子的木头垛里。它又往别处挪窝，一个晚上过去，不知道它把小猫转移到哪里了。

其间我对生在木头垛下面的小猫好奇，趴在木头上看了两次，想数清这位猫姐姐生了几个孩子。有一天，一群小黄猫站在木头上晒太阳，我拿手机拍了照，是五只跟妈妈一样颜色的小猫。但是第二天，木头垛里的小猫不见了。我妈开着她的电动车，在鸡圈旁的一个纸箱里发现了小猫，只剩下了三只。鸡圈离厨房后面的木头垛不远，我沿路找猫丢掉的孩子，怎么也找不到。

我说，可能母猫嫌孩子多，奶不过来，扔掉了两个。

我妈说，母猫不会扔掉自己的孩子。

大猫不断地捉老鼠回来喂小猫。猫捉了老鼠可自豪了，衔着在人前走过，有意让人看见，让狗和鸡看见。狗看见了会追去抢，抢来也不吃，咬一口扔了。只要狗咬过的老鼠，猫便再不去吃。可能嫌弃。

有时猫把老鼠衔到我们面前捉弄，故意放开让老鼠逃跑，然后又一爪子按住。那只黄猫还把老鼠衔到我脚边，眼睛朝上看人。我听说村里人家养了只猫，晚上经常把老鼠捉来放在主人枕头边。主人说，这是猫心好，知道答谢主人。主人给猫好吃的，猫便把自己认为最好吃的老鼠献给主人。

猫姐姐的这三个孩子，也在一个早晨不见了。我妈说，大猫领着小猫学捉老鼠了。我们都以为过几天它们会回来。已经过了许多天，两只大猫回来了，还有一只毛色灰杂的小猫跟着它们。这姐妹俩生了两窝小猫，最后只剩下这只一点不像它们的小杂猫。也不知是哪只黄猫生的，两个猫争着给喂奶，争相捉老鼠来给小猫吃，衔活老鼠扔给小猫玩耍。

其他的小猫呢？我妈说，大猫把小猫带出去送人了。这只小杂猫没人要，带回来了。

果真是这样，大猫打着带小猫出去捉老鼠的幌子，把小猫带到后面的人家，一个一个地送了人。它看哪家没猫，就丢下一个。再带着其他小猫往前走，到另一家又丢下一个。

我在书院后面老王家，看见丢掉的一只小黄猫。老王说，是你们家大猫领来送给他家的，你抱回去吧。

我说，你们留着养吧。

可能大猫不愿小猫长大后取代自己在我们院子的地位，早早把它们带出去送给别人家。

老白

张奶奶给刘予儿一只小黑猫。他们家老白生的，一窝生了七个，活下来五个，一出月四个就给左右邻居抱走了。张奶奶说，送人的四个都是白的，就这只纯黑。本来留下自己养的，见刘予儿喜欢就给她了。

张奶奶说，这是老白最后一胎了。它已经生了十三胎，应该再没有了。

刘予儿抱小黑来书院时，它的眼神一瞬间感染了我。那眼睛里的忧郁，仿佛是积攒了多少年的，它其实刚刚出生不到两个月。

还有它的黑，像从最深的夜里带来的，一种从头到尾没有一点杂色的漆黑。

它害怕书院的那几个大猫，也不跟两个小白猫玩。它们并排蹲在窗台上，小白猫蹲一边，它蹲另一边，看上去像两个白天和一个黑夜。只是，它的孤独黑夜不会走到白天里。

小黑活了三个月，或更长一点，我记不清了。

早晨看见它时，已经口吐白沫，半死不活。给它喂水，不喝。抬眼望着我，那眼睛里的忧郁已经有气无力，但更加让人看着伤心。

小黑是吃村民投的老鼠药毒死的。

书院后的人家没养猫，放了老鼠药灭鼠。老鼠吃了浸毒药的麦粒，知道自己要死了，也不往洞里跑，摇晃着走到路上，也不怕猫了，专往猫嘴里送。

过去的几十年间，菜籽沟的猫就这样死绝了。

唯独老白幸存下来。

张奶奶说，老白认得吃了毒药的老鼠。它以前生的猫娃子，送到村里人家，大都给药死了，没有活过它的。

张奶奶还说，老白出院门后，像人一样左右看看，路上没车了才过马路。

村里许多猫和狗，还有鸡，都不会像人一样探头看看再过马路。路上轧死最多的就是猫和狗，它们因为跑的速度快，突然出现在路上，司机来不及刹车，轧死了。相反，那些慢腾腾的从来不看汽车也不管喇叭声的牛和羊，却很少被车撞。

我没有见过老白出院门后左右看路上的眼神，我想，那一定是一个老年人缓慢又谨慎的眼神。我只在冬天的第一场大雪后，见过一次老白，它站在果园的土墙上，朝我们院子望。院子里有狗，它没有进来。只是站在墙头上，朝院子里喵喵地叫。

那时小黑已经不在一个月了。

它或许不知道它的小黑不在了。

年过后，张奶奶走了。

我也再没看见老白的影子。也再没听人说起过老白。

我想，张奶奶把老白领走了吧，她不会空着手去那个世界。她领着一只生了十三窝猫仔的老猫，悠闲地散步。在那个依旧会有老鼠的世界里，老白死去的孩子都活着，被它们吃掉的老鼠，也都活着。

张奶奶去世后，我很少去书院西面的山沟晨跑了，以前每次路过张奶奶家，看见她在院子里咯咯地叫鸡，给它们喂食。她家老白捉了一夜老鼠，或许在哪个角落慵懒地卧着呢。

路在桥头那里一拐弯，就仿佛与世隔绝了。书院西边的山谷空空的没有人家。那时我在山后跑步，黑狗月亮和黄狗太阳跟前跑后，小白猫和黄猫跟在后面。如今黄狗太阳早不在了，月亮也老了，那两只猫，也早不知跑哪去了。它们从我生活中消失的时候，我都没有觉察。就像我每天坚持的跑步，在哪个早晨停下的，我都记不清了。

　　　　　　　　写于2018—2020年，2022年10月14日改定

菜籽沟早晨

大白鹅的冬天

冬天

雪地上没有鹅的脚印，以为它在窝里没出来。我提着一壶开水，烫开水盆里的冰，又烫食盆里的包谷糁子，这是给鹅和猫狗的早餐。

这时听见鹅在前面"鹅鹅"地叫，声音翻过积着厚雪的屋顶落下来。我放下水壶过去，见鹅在松树下没雪的地方站着。雪被茂密的树冠兜住，松枝都压弯了，树冠下落了厚厚一层松针，看上去比别处暖和。

它看着我又叫了两声，嗓门宽阔有力，像在空中打开一扇门。我赶着它去吃食。地上的雪没扫，它好像眼盲了，认不得路，跑到两排松树间的大道上，头顶到院门才知道走错了，又掉转回来。我紧追几步，它扇动翅膀跑起来，一副要飞的样子。我真希望它飞起来，飞得找不见，我们也不用每天操心喂它。它也不会每天受冻。但这冰天雪地的它能飞到哪里。南飞的天鹅和大雁，早在三个月前就飞走了。那时一行行的雁群飞过书院上空。大白鹅时常仰头朝天上叫，翅膀张开助跑一段想要飞起来。我妈说，白鹅的翅膀该剪了，不然会飞走。

但一直没剪。那时它吃得肥胖，走路都费劲，怎么可能飞走。顶多有飞的愿望吧。如今它已经瘦得只剩下一堆羽毛了。它跑起来，翅膀张开，真像要飞起来的样子。却一头撞到雪堆上，整个身体陷在深雪中，张开的翅膀被雪托住。

我把它抱出来，放地上撵它走，看它的红爪子踩在雪里，整个肚子躺在雪里。我都能感觉到它的脚冷。

到了食盆旁，看见一小堆绿韭菜叶，它使劲啄食起来。那是金子昨天拿过来给鹅的。它卧在雪里吃菜叶，把冻红的脚丫焐在肚子下面。它能暖热自己的脚丫子吗，下面全是冰雪。我给它在地上铺了纸箱板，又铺了松针和树叶，希望它站在上面脚不会太冰。它不领情，固执地卧在纸壳边的冰雪中。

我真担心它过不了冬天。每天一早推开窗户，最想听见的就是大白鹅的叫声。只要它叫一声，我便放心了。它似乎知道我在这时醒来，它在松树下叫，叫声翻过两栋房子的屋顶和积了厚雪的菜地，传到我耳朵。

寄养

这是它跟我们生活的第一个冬天。

去年冬天我们把它寄养在老郭家。四月金子带着我妈从养殖场买了两只小鹅和两只麻鸭，养到八月开始下蛋，大白鹅的蛋又大又白，麻鸭蛋和它的名字一样灰皮麻点。那时它们跟鸡圈在一起。鹅整天扬起脖子，"鹅鹅"地撵鸡，哪只不听话就拿嘴啄鸡毛。它们成了鸡群里的老大。两只麻鸭个头比公鸡小，只能灰溜溜地待着，不和鸡合群，也不跟鹅混。

金子每天去鸡圈好几趟，喂食，添水，收蛋，每次收了鹅蛋鸭蛋，都高兴得跟小孩似的。鸡蛋给厨房，鹅蛋鸭蛋她存起来，排成排摆在篮子里，说要等女儿回来吃。女儿孩子小，刚几个月，说明年回来。结果几个鸭蛋放坏了，鹅蛋放到了下雪前。

天气冷了，我妈回沙湾过冬，我们也回乌鲁木齐住一阵，留下方如泉守院子。养了大半年的鸡鸭鹅就得处理掉。公鸡全宰了（真对不住公鸡），三只母鸡给厨师王嫂家代养。两只鹅和两只鸭子送到村民老郭家代养，说好下的蛋归老郭家，再给两袋子包谷。到雪消天暖和，给王嫂代养的三只鸡死了两只。喂在老郭家的两只鸭子都死了，鹅死了一只，老郭不好意思，把收的四个鹅蛋和活下的一只鹅一起送了过来。

我们送去时雪白丰满的大白鹅，一个冬天瘦成了鸡，毛黑不溜秋，眼神也呆滞。不知道它在老郭家是咋活过来的。老郭家的鸡有暖圈。所谓暖圈，也就是个小房子，夜晚能挡风而已。不过，老郭家的几十只鸡和我们的鸭鹅挤在一起，每只鸡鸭鹅都是一个小暖袋呢。鹅在它们中间，是一个大暖袋吧，它们依靠着互相暖和。但是那两只麻鸭和一只鹅，还是没有熬过冬天。

回来的大白鹅很快被我们喂得有了生气，五月份来了一位大学生志愿者，给浑身又黑又脏的鹅洗了一次澡，它又变成了大白鹅。那只母鸡也开始下蛋。鸡和鹅，一个冬天没见，可能都不认识。但它们很快又在一个圈里生活了。

我们重新清理鸡圈。把去年的一层落叶和杂物扫起来烧掉。算给鸡圈消了毒。金子带我妈到养鸡场，买了十几只半大的公鸡母鸡，大白鹅又成了鸡群里的老大，"鹅鹅"地吆着鸡在圈里转。一个夏天和一个秋天，鸡和鹅下的蛋足够我们每天中午西红柿炒鸡蛋拌拉条子，早餐煮鸡蛋，一人一个。每只鸡下的蛋都不一样，金子能从她每天收的鸡蛋里，知道哪只下了哪只没下。十几只母鸡，到半中午下起蛋来，叫声一阵接一阵。金子说，一只母鸡下十五个蛋就保本了，菜籽沟的土鸡蛋卖到两块钱一个。金子买的母鸡三十块一只。再多下的蛋都是赚的。她这样算账时，忘算了自己每天一早一晚喂鸡的辛苦，忘算了鸡吃掉的几百上千块钱的麦子苞米，也忘算了我们修鸡圈清理鸡圈花的力气。不过，鸡也没给我们算它每天早晨按部就班的三遍打鸣。夏天书院办了几期培训班，有小孩有大人的。大白鹅成了孩子最喜爱的，伸长脖子走在人中间，"鹅鹅"地叫，像老师喊孩子。

春天

转眼又到冬天，圈里养肥的鸡又要宰掉（又对不住鸡了）。

鹅再不敢往老郭家送。本来要和鸡一起宰了，后来还是留下来。大冬天鸡窝空空的，看着都冷。鸡到另一个世界避寒去了。鹅留下来，它独自承受着满圈满院子的寒冷。靠院墙斜立的两块工程板下面，是金子给鸡和鹅做的下蛋窝。现在一个成了鹅过冬的窝，里面铺了厚厚的麦草。另一个被黄狗星星占了。那个两头通风的窝，其实只比露天稍好一些，能挡住西边来的寒风。

年前几天降温，我们又要回城里过年，大白鹅和猫狗托给王嫂家喂养，她老公每天过来烫一盆粗面，大伙一起吃。猫不用担心，能捉到老鼠。狗也不用操心，它们总能弄到吃的，前年冬天我们回到书院，见牧羊犬月亮在松树下守着大半只羊，肯定是从村民家偷来的。去年书院后面住的老张说，他宰了猪，猪头挂在仓房，想着过年吃，结果没有了，顺着雪地上的印子一直追到我们院墙上的水洞，肯定让我们家大狗叼来吃了。金子说，确实看见月亮吃剩下的半个猪头。我们也不养猪，没法赔一个猪头给老张，只能说句对不住了。这些年几条狗给我们惹了多少事情，月亮大前年把村委会烧锅炉的老王咬了一口，老王几年前打过月亮一棒子，记仇了。金子开车拉老王去县医院打了狂犬病疫苗。今年七月小黑和星星在山后的麦茬地咬死了村民的四只羊，让我们赔了六千块钱。现在我们把院墙上狗能钻出去的洞口都堵住，它们再不能出去惹祸，也不能在夜晚爬到坡顶的草垛上对天吠叫了。

回城前我把秋天菜园里掰的包谷棒子在鹅常去的松树下

放了一堆，又在它的窝边放了一些，鹅会自己啄食苞米粒。只要有足够的吃食，它便能抗住寒冷。在城里我还常打开监控视频，看见猫和狗围在食盆旁，看见大白鹅在雪地上踱步。

年后回来，车开到大门口，月亮星星和小黑都在门里面守着，它们能听出我的汽车声音，当车开到公路拐弯处，离书院大门还有上百米的地方，它们就闻声往大门口跑。我下车开门，三条狗亲热地往身上扑，金子把带来的狗食分给每条狗。

大白鹅站在松树下叫，它瘦了一大圈，见了我们张开膀子像要飞过来。两只黄猫不见了，方如泉说猫到别人家混吃的去了，过几天来院子转一趟，可能见我们没回来，就又走了。

我去鹅的窝里看，给它留下的包谷棒子才吃了一半，地上扔着四个鹅蛋壳，我们离开的二十多天里，它下了四个蛋，可能都自己吃了。金子说，鹅不会吃自己的蛋，肯定是星星和小黑偷吃了。我拿着鹅蛋壳，大声审问小黑，鹅蛋是不是你吃了？又审问星星。两条狗都一脸懵懂，装糊涂。我猜想肯定是星星偷吃的。它住在鹅旁边，可能就是盯上了鹅蛋。鹅下一个它吃掉一个，把空蛋壳留给我们。不过也都没亲眼看见。吃就吃了吧。

早晨我烧一壶开水提过去，鹅已经在食盆旁守着。我用开水烫开水盆里的冰，再把冻硬的饲料烫开。鹅的嘴伸进水里，边喝边拿喙戏水。

它吃好了站在墙根，一只脚抬起，过一会儿又换另一只脚。水泥地太冰冷。我给它铺的纸箱板扔在一边，它还是不知道站上去，可能它的蹼已经冻木了。

回书院的第二天一早，大白鹅踱着步从前面过来看我们。我给它撒了些芹菜叶子，它一个月没见绿菜了，低头啄一口，高兴得头仰起来。

中午金子见鹅卧在窝里，她关好圈门，过一阵听见鹅叫，金子说，鹅下蛋了，让我赶紧去收。我出门看见星星也朝鹅叫的地方望，小黑也朝那里望。看来都在等鹅下蛋。这让我有点不确定是小黑还是星星在偷吃鹅蛋。我指着星星又指着小黑，狠狠地骂道：再偷吃鹅蛋把你们送人，不要你们了。星星知道我在骂它，夹着尾巴躲一边。小黑一脸憨相，我又觉得冤了小黑。

到窝边时，鹅的样子把我逗笑了，它伏在窝里，整个头和脖子贴在草上，一看就知道它在本能地躲藏，不让我看见。我拿专门收蛋的长把木勺拨它的屁股，它扭转屁股护住蛋。我还是把一只大白蛋舀在木勺里拿了出来。鹅见自己的一个蛋被我收走，眼睛圆圆地瞪着，鹅没有表情，但它肯定有心情。它的心情会跟农人失去一年的收成一样吗。或许它已经习惯自己的蛋被人收走。它回到书院就开始下蛋，已经下了十几个，我们没有留下一个让它孵育出孩子。这样想时竟生出些人的伤心来。鹅会不会伤心呢。

晚上听见鹅在窗外叫，天黑好一阵了，它不去窝里睡觉，在转啥呢。或是它想要给我们说啥呢。我出去查看，外面很黑，院子里没安灯。白鹅站在雪地里，朝我望，它的眼睛泛着星光。也许是自己的光。我过去摸摸它的脖子，它转过身，沿着菜地边我们踩出的雪路一直走到小柴门旁，回头叫了一声，像是给我打招呼。然后回它的圈里去了。

我冻得浑身发抖，回到暖和的屋子里时，想到鹅也回到它两头透风的工程板下的窝里了。它只能把自己的羽毛当暖屋，把裸露的蹼捂在肚子下面，把喙伸进羽毛里。

我又听到鹅叫。它的叫声在半空中打开一扇门。我从二楼窗口看见它在屋后果园觅食，个别处雪已经化开，露出干黄草地，它不时低头啄食，不知吃到嘴里的是什么。中午我扛铁锨到前面的玻璃房墙根疏通积水，屋顶融化的雪水，积在墙根的水槽里，一半是冰，我拿铁锨敲开一个小水槽，让水往下流。每年都要干这个活，其实不去干，过几日水槽的冰全化开，也自己疏通了。但还是去干，人等不及季节。

转回到餐厅前见鹅在草莓地觅食，以为它在吃露出的绿色草莓叶子，却不是。它在化了一半的雪下面，找见先露出的细草芽，它啄食草芽时把冰粒也一起吃进嘴里，咯嘣咯嘣的响声，像一个孩子在咀嚼糖块。

夏天

被厚雪覆盖了一冬的院落，在一个早晨突然暴露出来，几件我们以为丢了的农具自己跑出来，它们倒在地上，在雪中睡了一个长冬。天暖得很快。金子在集市上买了五只小鹅，丢给大白鹅带。大白鹅显然喜欢小鹅，但小鹅怕大鹅。毕竟不是自己的亲妈。这些小鹅有亲妈吗？可能没有，它们在孵化场破壳而出，从没被大鹅带过，见了只有害怕。

我妈在院子里用纸箱围了一个小圈，喂草喂水。晚上把小鹅装纸箱拿进屋里。除了怕被猫和狗吃了，天上飞的鹞子，也会叼走小鹅。书院这一片至少有七八只鹞子，每日在树梢盘旋，捉鸽子和鸟，经常有鸽子被鹞子吃了，在地上留一摊羽毛。那天我还救下一只鸽子，它被鹞子一翅膀拍打下来，鹞子紧随其后，眼看叼住了，我大喊着跑过去，牧羊犬月亮，还有星星小黑也叫着跑过去。鹞子一侧身飞走了，受伤的鸽子也扑腾着飞到树上。

新买来的小鹅，要先拿去让月亮星星和小黑看，给每条狗说这是我们要养的鹅，不是野生的。狗都懂事，见人和鹅亲近，就知道不能咬它，咬了挨打。

第一只小猫带来时给月亮和星星做了介绍，如今猫和狗成了院子里最亲近的朋友。冬天两只小猫和两只大猫，和小黑一起抱团取暖，小黑每晚卧在门口的地毯上，两只小猫钻进小黑怀里，两只大猫卧在小黑背上，小黑一动不动，搂着它们度过寒冷冬夜。一天早晨，金子拉开窗帘，说大白鹅也和小黑挤在一起了。

今年夏天小外孙女知知来到书院，也是先带到几条狗跟前，让它们认识。狗看我们对小知知好，就知道不能对她不好，见小知知过去就远远躲开，生怕不小心碰着小朋友。知知不怕狗和猫，追过去抓。但害怕大鹅，它会追着叼知知。

我们买的五只小鹅活下来三只，如今已经是大鹅了。我妈依旧每天坐着她的电动车牧鹅。它们认下我妈的电动车了，跟着到前面草坪上去吃草，到后面果园去吃草。鹅胆小，只去我妈带它们去过的地方，不敢往远处跑。

那只大白鹅呢，在坡上果园的狗洞里坐窝了。

去年夏天大白鹅坐过一次窝，它占着鸡下蛋的窝，用嘴把自己的羽毛撕下来，垫在窝里。它下了一个蛋，一直捂着。隔天又下了一个。它要把两个蛋孵出小鹅。可是，我们这里的气候凉，小鹅长不大天就冷了，怕过不了冬天。金子把它的蛋收了，它还是坐窝不走。中午金子看见鸭子凑到鹅身边，嘴啄鹅的脖子，在说话。过一会儿，鹅起身走开，鸭子急忙跳到鹅窝里，下了一个小麻蛋。然后鹅便捂着麻鸭的蛋不放。我妈说，鹅和鸡一样的，到了坐窝时节，给个石头蛋都会捂住不放。

金子说，大白鹅去年没抱上小鹅，今年就让它抱一窝吧。我以为她只是说说，我出了趟差回来，没见到大白鹅，问金子，说已经坐窝十二天了，再有十八天小鹅就出来了。金子把果园水塘边的狗窝收拾出来，用我们家的七个鹅蛋，换了村民家的七个蛋。他们家的母鹅有公鹅交配，下的蛋才能孵出小鹅。

我带着小知知趴在门洞看，鹅卧在自己用嘴拢起的一小堆麦草上，眼睛朝外看我们。可能已经忘了我是谁。金子在门口放了一桶水，还满满的。我让知知在鹅窝旁等着，我去菜地薅了一把鹅喜欢吃的野莴笋，扔到它嘴边。它只是叼了两口，又专心孵它的蛋了。我妈说，鹅和鸡一样，孵蛋的时候不吃不喝。

到了小鹅该出壳的那天，金子和厨师去看，只孵出来三只小鹅，其他四只蛋，都坏了。小鹅只是啄开了蛋壳，身子还在里面挣扎，金子把其余的蛋壳剥了，这个事本来是大鹅做的，它会拿嘴啄蛋壳，让小鹅快点出来。

出壳的小鹅放在纸壳里，下面垫了棉布，金子还在棉布下放了一只暖宝宝，上面又盖了一层布。小知知第一次看见小鹅从蛋壳出来，我把毛茸茸的小鹅放她手上，她捧着不敢动，不知道该怎么面对这个小生命。三只小鹅在我书房里过了一夜，第二天，原还给了大鹅。

我妈像放牧那三只鹅一样，照顾大鹅和三只小鹅，白天放出来吃草，晚上吆到鸡房。它们一天一个样子地在长，可能小鹅也感到自己出生得有点晚，秋天已经来了，得抓紧时间吃草，长身体，尽快长出能御寒的羽毛来。到了冬天，它们要跟大鹅一起，光着脚丫子在冰雪中走，靠自己的羽毛度过寒冷长夜。

大雪

大雪下了一天一夜。好多树枝被雪压断。昨天还遍地的青草，一夜间被雪埋没。除了大白鹅，其他的鹅都没经过冬天，不知道它们看见这么大的雪，会不会惊慌。雪下的太突然，树都没落叶子。落了一地的苹果没顾上捡拾。几棵桃树和葡萄藤也没顾上埋住。人和草木都没准备好，冬天就来了。

好在三只小鹅已经长得半大，长出了厚厚的绒毛，和先长大的三只鹅一起放在果园。刚放进去时，那三只大鹅追着小鹅跑，可能是想亲热小鹅，大白鹅跟在后面护。没几天它们便亲热如一家了。

我在三楼的书房时常听见鹅的叫声，它们在果园边的溜草地上练习飞翔。我下楼在木栏杆门外探头看，它们展开翅膀，"鹅鹅"高叫着，朝南跑到篱笆墙边，又折头跑回来。跑前面的是三只新长大的鹅，大白鹅和它的三个孩子跟在后面。大白鹅已经三岁了，早已知道自己飞不起来，但还是展开翅膀跟着做飞的动作。两只小鹅似乎相信自己能飞起来，翅膀举得高高，爪子一下一下离开地。见我在木栏杆门外看，都收住膀子，像是怕我看见它们练习飞翔似的。

我推开栏杆门进去时鹅全围过来，见我两手空空又停下来。

给鹅喂食是金子的事。她每天早上端半盆麦子喂鹅吃。鹅和鸡的食都是金子在村民家买的。下大雪的前一天，金子听说玉米要涨价，叫上厨师柳荣贵去六队买了七麻袋苞米，又开车到乡上工厂粉碎了，码在库房。到冬天没有骨头可啃的狗和猫，都得吃开水烫的包谷糁子。鹅也吃。但鹅似乎更喜欢吃麦子。或许更喜欢吃草。但草突然被雪埋了。给鹅的麦子每天都剩下一些。或是鹅的嘴没办法将盆里的麦粒吃干净。金子天黑前把鹅吃剩的麦子端回来，她说留下全让老鼠偷吃了。果园北边是苜蓿地，西边山梁后面是麦地，我散步时看见好多老鼠新打的洞。地里没吃的了，老鼠开始往人家里跑。我们院子的两只猫都生了小猫，母猫每天出去捉老鼠来喂小猫。即使这样，也阻不住老鼠往院子跑。去年冬天喂鹅的包谷棒子，喂肥了两只大老鼠，它们钻在柴垛下面，猫捉不住，晚上出来偷我们喂鹅的食。好久再没看见那两只老鼠，可能被猫捉吃了。也可能过了一个冬天、春天和夏天，它们静悄悄地老死了。

说到老，又想起已经三岁的大白鹅，它算是年老了吧。这个冬天尽管有六只鹅陪它一起过，每只鹅都要担受自己的寒冷，肚子下的绒毛只够捂住自己的爪子，怕冻的嘴只能塞进自己的羽毛里。但它们会挤在一起。会有七个嗓门的大叫声，响在阳光明亮的书院上空。至少，它们不会太寂寞。

2021 年 12 月 12 日完稿

开满窗户的山坡

　　县上给村里拨了拔廊坊保护款，每家补贴一万八千元，要求把旧窗户门都换成塑钢的，否则不给钱。村里半数人家住拔廊坊，这种早期汉民住居的老房屋，因为廊檐往外拔出来一两米，有立柱支撑，形成廊，取名拔廊坊。住拔廊坊的人家得了补贴，好多旧木窗木门被拆了，扔在一边。换了塑钢门窗的人家，当年冬天就后悔了，说塑钢门窗太单薄，不保暖，也不好看。到第二年有些人家看顺眼了，说新换的塑钢门窗好，玻璃大，屋里亮堂。也有人家把拆掉的木门窗又换回来。

　　我们连买带捡收集了好多旧木门窗，堆在书院。

　　我最先的打算是用这些旧木门窗，把书院朝马路的那段院墙围起来。原来的院墙一段是干打垒土墙，一段是红砖垒的，都残缺不整，到处是豁口和窟窿。我想把破院墙拆了，做一个最别致的院墙，名字叫村庄纪念墙。我在记事本上画出草图，大概方案是，收来的每家的旧门窗，用墙垛单独隔一个单元，门朝外，门楣上有这家的姓名和来历。每个门上配一把锁，钥匙发给那家人，什么时候他们想进书院，或是想进自己家的老门了，拿钥匙来打开。

菜籽沟早晨

几十户人家的门窗连成一个长长的墙，看过去户挨户住了许多人家，每户人家的门窗都不一样，大小不一样，漆色不一样，漆掉光后木头的老旧还是不一样。

我给村里这些人家留了一扇门，这样书院就成了全村人的。他们可能也不会来开那个已经扔掉的门，那扇门里再没有他们的一样东西。但也不一定，在某个夜里，某人被月光喊醒，穿鞋出门，拿着我给的钥匙，梦游似的行到书院墙根，找到镶嵌在院墙上他家的旧木门，开锁，推门，却怎么也推不开。他不知道我从里面也上了锁，那锁的钥匙在我这里。他推窗户，也推不开，窗户从里面销住。他爬窗户上往里望，一院子的月光树影。

我这样想的时候，仿佛在替另一个人做梦。一定有人会做这样的梦。如果我真的把这些旧门窗做成院墙立在路边，全村人都会因它而做梦。我也会一个一个地梦见他们。每个窗户都曾经是一家人的眼睛，他们扒窗户往外看时，他们在村庄的内部。我有可能从这些旧门窗里窥见他们的生活，在有月光的夜晚，那些从来关不严实的门缝、变形的窗框里走掉的人声，仿佛又回到屋里。我在每一个窗户后面停下来，爬窗户朝外望，我会看见这一户人家曾经长达几十年上百年的张望。我会看见他们所看见的，把他们遗忘的再一次遗忘。

这个想法让我激动了半个冬天和一个春天，我想等夏日天长了动手做这件事情。那时候，从天亮到天黑，有十七个小时，足够人把好多想法变成现实。可是，没等到夏天，我的这个想法被另一个想法取代了。

一日，沟上头的老郭来书院找自己的旧木窗，我们五十块钱买他的，他要买回去。我说，你自己找去吧。老郭在摞了一大堆的门窗下面，认出自己家的旧窗户，他围着那堆破烂转过来转过去，蹲下，手伸过去摸见自己家窗户的边，想拉出来，怎么可能呢，他的窗户上面，压着一村庄人家的破门烂窗户，他只有把上面的窗户门全移开，才能拿出自己的窗户。老郭爬到破烂堆上，试图搬开上面的门窗。那些沉重的老木头窗户，他连一个都搬不动。我袖着手，没有过去帮他。我也搬不动。

我问老郭，你把这个破窗户拿回去干啥。

老郭说，他在山坡上挖了一个洞，做猪窝，想在洞顶上装一个窗户，这样猪就能看见太阳了。

这样猪也能看见星星了。我随口说了一句。

我知道老郭挖猪窝的那片山坡，就在他家对面，坡上黑洞洞地开着好几个猪窝，外面暴热时，猪躲在洞里乘凉。晚上猪在洞里睡觉。老郭和别人不一样，竟然想给猪洞安一个窗户。

他的想法启示了我，我突然想到用这些收购来的窗户，把一座山上安满窗户。

那个山坡下原是一所废弃的小学，房顶扒了，留半个破墙圈，靠山面水。山坡上是麦田，麦子翻过山从西边的坡下到沟里，又上坡，翻山越岭生长向远方。我的计划是在小学校原址上盖一院房子，做客栈。小河湾里种菜、养鸡，一条木栈道伸到山根那排矮榆树下面，往上就是麦田了。我上下远近地打量这座山，想着把它用旧窗户镶嵌起来该多有意思。我无法把整座山镶起来，我收集的窗户也不够，我只是把山的下部用窗户一层层镶起来，镶到几十层，窗户里装上灯，从河对岸看，整个山坡的麦地开满窗户。到夜晚，整座山因为亮着的窗户而悬空起来，看上去仿佛许许多多的人家住在半空。我会把这些窗户主人的名字留在窗框上，有一天他们从地里回来，找不到门，或者门锁的钥匙丢了，他们找到窗户，朝里看，全是厚厚的土，是麦子扎的根须。

这个想法也破产了，原因是我根本干不了多少事情，书院建设就把所有的精力和财力都耗了进去。想想我刚来这个村庄时我有多大的心劲啊，开车走遍沟沟梁梁，每个山梁上都有机耕道，沟里有拖拉机路。我把车开到每条路的尽头，然后步行到漫坡金黄的麦地尽头。那时候我想，我要看看这个村庄，到底有多少让我惊讶的风景藏在沟底坡顶。

我到菜籽沟那年，和村里签有七十年的独家旅游开发经营权，作为乙方的我，承诺在村里建一座书院，用收购的几十个老宅院，邀请艺术家入住做工作室，建成菜籽沟艺术家村落，利用自己和艺术家们的知名度，让这个不为人知的村庄成为新疆和中国的名村。而作为甲方的菜籽沟村委会，则把村庄七十年的独家旅游经营权给乙方，再不收取任何费用。菜籽沟村长二十公里，宽五公里，面积一百平方公里。这么大一块地方的七十年独家旅游经营权，就归我所有了。那时我五十刚出头，想在这个村庄干一番大事。但是仅仅过了几年，那个开发村庄做旅游的打算被我忘记了。那份合同也早扔到一边。无论我，还是村委会，都想不起曾经签过这样一份合同了。

现在，山坡下那块地方仍荒着，村里把地卖给一个老板，说是投资开客栈，合同签了，还没动工。或许明年后年也不会动工。老板怎么会把钱投在这个一百年也收不回本钱的项目上呢。只有我这样的人，会为一个梦投资，为一个天真的想法和冲动投入。我已经把自己的四年时间丢在菜籽沟，算是掉进沟里了。四年前我五十一岁，人过五十了，心还在四十岁，时常冲动地用四十岁的心驱动五十岁的身体。住进书院的第二年，养了两条狗，要自己垒狗窝。我年轻时盖过大房子的，这点小工程算啥。靠院墙平好地基，和泥巴，搬砖，一会儿满头大汗，只垒了两层砖没劲了，正好有来书院要工钱的村民，我说，给你一百块钱，把狗窝盖好。村民说，这么点活要啥钱，把上次干活的钱给我结了就行了。

垒一个小狗窝的劲，也许早在多少年前，我在沙湾城郊村给自己盖结婚用的大院子时，就已经用完，早在我们家从老沙湾搬到元兴宫，在一块荒地上打土墙上房泥时就已经用完。

但我五十多岁的时候又来劲了。

我心里有建一个书院的劲。在那个山坡上开满窗户的劲，也一直在心里攒着。窗户也在书院院墙边攒着，风吹雨淋，一年年腐朽。等它们朽到窗框散架，完全不能用，这要不了多少年。那时我散步走过它们身边时，会作何感想呢。

我确实是一个适合想事情的人，我想的许多事情写成了书。

在我想过的所有事情中，在菜籽沟一座山上开满窗户这件事，在我心里早已经无数次地完成了。某日天色渐暗时我开车路过，朝河那边的山坡望，看见满山的窗户依次地亮起来，从山根一直亮到山顶。

那个曾经想在山坡上开满窗户的我，已经远去。仅仅过了四年，许多事情便不用去实现了。其实这是多好的事。

2017 年 7 月 25 日改定

麻雀

　　我斜靠在床头看书，听到屋顶噼噼啪啪的声音，接着是一群麻雀的叫声。它们落在屋顶时一点不懂得轻手轻脚，毫不在意屋子里坐着一个想事情的人。

　　麻雀就像一群怎么也甩不掉的穷亲戚，我到哪，它们就在哪，在树梢和屋檐上叽叽喳喳叫，叫得人心虚，好像欠了它们多少东西。

　　它们眼睛盯着院子里晾晒的粮食，盯着锅里做的饭，盯着我们碗里吃的饭。有时呼啦啦落一片空地上，叨叨叨啄食我看不见的食物。它们嘴啄到地上的声音，仿佛把只有尘土的地当一块面包。

　　我听够了它们不知在啄食什么的声音。现在，那群从我小时候就叽叽喳喳一直追随我到中年的麻雀，又在啄我新修的房顶了。

　　我小时候，麻雀饥饿的叫声围着院子，我们没有多余的麦子给它们，但它们会自己拿。我们扎麦草人站在麦地，穿我们破得不能再穿的衣服，戴我们晒得发白的帽子，一只手高举着打麻雀的树枝。不知麦草人吓着麻雀没有，我倒是被它吓过，一天傍晚我从野地回家，一抬头，看见穿着我的破衣裳的麦草人站在地里，像是活得更加落魄的我，站在未来里。

麻雀在收光的地里找不到粮食，就追到家里，乘人不注意，飞到院子晾晒的麦子上，它们拿走的那些，似乎也没有使我们变得更加饥饿。它们吃饱了飞到榆树上，叽叽喳喳地说三道四。那些年，我们家的窘迫生活，可能都变成它们没日没夜的闲话了。

麻雀还会骂人。

前天我坐在南瓜架下吃饭，一只麻雀在头顶叫，它嘴里叼着只虫子，那虫子一头在它嘴里衔着，另一头还在动。

我说，麻雀越来越胆大，离人这么近地叫。

我妈说，那只麻雀丢了孩子，问我们要呢。

麻雀的窝在厨房门上面的屋檐下，那里因为木板朽了，空出一个窟窿，麻雀便在里面做了窝。

我妈说，大前天一只小麻雀从窝里掉下来，浑身没毛，嘴角是黄的，大张着嘴叫，被黄狗星星一口吃了。麻雀妈妈回来找不到孩子，就对着我们叫。叫了几天了。

我们坐在南瓜架下吃饭，它就站在一伸手便能捉住的木架上，嘴对着我们叫，一句紧接一句，不知道说什么。

方如泉说，麻雀在骂人呢。它以为我们拿走了它的孩子。

麻雀的叫声不依不饶，确实像在骂人。方如泉生气了，对着麻雀大声说，别叫了，让狗吃了。

麻雀显然没听懂方如泉在说啥，它依旧对着我们叫。

麻雀一般有七八个孩子，丢了一个，还有其他的。但我没听见屋檐下的窝里有其他小麻雀的叫声。一般这个时候，大麻雀衔来虫子，窝里的小麻雀早就扯嗓子叫开了，还会把头伸到窝外，不小心后面的就把前面的挤下去。

我仰头看麻雀窝，里面确实没有一只小麻雀。

可能都掉下来让狗和猫吃了。

没有一只小麻雀的雀妈妈，依然衔来虫子，站在南瓜架上，对着我们叫。

我们真的欠了它的。

2017—2022 年 10 月

洪水

一

一大早我妈喊"发大水了"。我推开门，轰隆隆的水声传过来，我第一次听见这条小河的声音如此可怕，洪水挟裹沉重的石头滚过河底，岸边的房子和树都被震动。我妈住的房子离河岸近，她说一晚上都听见石头在河底下滚动。我妈不让我到河边去，她有早年被洪水淹过的记忆。我打开院门，门口就是河，石拱桥湿漉漉地悬在半河洪水上，岸边有大水漫过冲刷的痕迹，说明灌满河沟的洪水在昨夜我睡着时经过了村子。尽管河底还有大石头在滚动，它更大的轰隆声已经远去。

二

昨夜我被牧羊犬月亮的狂叫吵醒，起身掀开窗帘，看见下午停在书院水塘边的大铲车发动着了，大雨中车灯直照到深入夜空的白杨树梢。接着铲车开始掉头，高高的白杨树和松树被转动的车灯挨个照亮又送入黑暗。当它转过身往书院外行驶时，车灯穿透北边那排老教室的前后窗户，整栋房子像突然张开眼睛。

那时洪水应该还没下来，我没听见河底石头滚动的声音。也没细想夜里开走的大铲车去干什么。连下了三天三夜雨，听说县上已经动员所有力量防洪，主要防护县城南边的水库。

我们入住这个院子的头一年，沟里发大水，洪水漫出河道，从前面的果园斜冲过来，又从院门口灌入河道，将北边的青砖门墩冲歪。我们把洪水冲刷出的沟槽推平压实，冲歪的门墩却一直没顾上扶正。我们在这个歪门墩挂着的铁门里进进出出，铁门扇的碰撞里似有那场我们没有经历的大洪水的声音。

三

东镇发大水淹死人的微信是在黄昏时收到的。天依然下着雨，乌云阴沉地积在天上，像有无尽的雨还没下完。梨花雨的微信来了，她每天给我发好几个微信，告知县上的雨情。我从她发的信息得知，两个警察在洪水中失踪了。

昨天半夜，东镇派出所接到山里养蜂人被困的电话，三个警察开车出警。翻滚的山洪沿路旁河沟往下泄，警车冒雨往山里行驶。这个时间，我们院子的大铲车应该开出门了，那里离东镇有二十公里，隔着五六条沟，开铲车的年轻司机，也和警察一样在大雨中驱车向前。

这个季节每个山沟都有外来的养蜂人，我们沟里放蜂的是一家内地人，夫妻俩，每年五月山花开时，汽车运载蜂箱到沟里头住下来。一坡一坡的花儿，从最早的野山花，到田里的油菜花、红豆草花、葵花、家家户户菜园里的蔬菜花，一茬茬地开。采到秋天，罐子装满蜜，在一个早晨悄悄走掉。

养蜂人的报警地点在沟里头。他的蜂箱被洪水冲走，漂在河道里，他喊叫着沿河奔跑，边跑边打110。他的蜜蜂惊叫着飞出蜂箱。

在离他几公里远处，一辆警车正向他驶来，若不是下大雨，他应该看见照向夜空的车灯了。也许看不见，山梁把灯光挡住，厚厚的雨幕把车灯隔绝在另一个世界。漫上公路的洪水使路面变得汪洋一片，司机认不准方向。路边的警戒桩早淹没了，电线杆也被水拉倒。熟悉的道路变得完全陌生。最危险的桥涵到了，路在这里突然变窄。平时车开到这里司机都会减速。但洪水把路和两边的沟拉平，司机辨不出来，警车一歪身掉下去，瞬间被湍流卷进桥涵。车里三个警察，一个爬车窗逃出来，另两个随警车被洪水卷走。

四

我在微信上看见东镇发洪水的视频，一个村庄被淹没水中，村民站在高处看自己家泡在水中的房子。视频里一片尖叫。新闻播报说两个乡被淹。传到我手机上的微信说，除了失踪的警察，还有两个学生失踪。晚上十二点又有信息说，两个学生找到了，是一对中学生恋人，手机关了躲在未完工的楼房中，想雨停了再回去。后来女生说听见她妈在大雨中尖叫，男生说没听见，全是雨声。女生挣脱男生跑进雨里，男生跟着跑进雨里。街道上全是水，不知道在往哪流。

发信息的梨花雨在县教育局工作，晚饭没吃，一直守在办公室等两个失踪学生的消息。放学后孩子没回家，家长打手机，关机。给学校报告。学校给公安局报案。紧接着，所有中学小学的班主任被要求联系自己班的孩子，有无没回家的。数字迅速报到教育局，教育局又报到县政府。县政府办公室只留一个值班的副主任。主任和秘书跟着县领导一起守在水库大坝上。那是整个洪水中最危险的地方。

五

我在临睡前得到消息，从我们院子开走的大铲车，行到半路坏掉了。那是我们雇来清理院子的铲车，半夜被征去抗洪。听说什么轴断了。我想也许是司机胆小，把车扔路上跑回去了。我了解那个年轻司机，是个生手，开着大铲车在我们院子高高低低地乱铲了一通。老板说雇不上好铲车司机，这阵子人手太缺，好的铲车司机都被调到水库大坝上了。那样的夜晚，山里黑咕隆咚，天上下着大雨，到处是洪水的声音，他一个年轻驾驶员，敢往抗洪一线的河道里开吗。这是我猜想的。打电话给包工头老赵，说铲车坏在路上，等洪水过了车修好再来给我们干活。问那个年轻司机没事吧，说被洪水吓傻了，跑回家不来了。

雨依旧在下，我打开院门，站在石拱桥上，我一直担心的石拱桥，抗住了这场大洪水，它在其后我们修建房子时，还承受住上百吨重的卡车过往。

我妈让我别站在桥上。我说没事，桥结实得很。我妈说，她担心了一晚上，想桥冲断了我们咋出去。天黑下来，我感觉桥在颤动。手电照下去，河水比白天涨了一些。不知道今夜会不会有更大的洪水。

我锁院门时，听见我妈喊，不要到河边去。我说没事，妈你快睡觉吧，洪水退了。

六

一早得到消息，搜救的人昨晚在一个河湾找到淹在水中的警车，主驾驶位的车窗玻璃碎了，里面浮着牺牲的警察。敞开的后车门处停着一个蜂箱，在手电光里，成群的蜜蜂盘旋在蜂箱上头。有人拿一个长竿捣了几下，蜂箱在水里晃晃悠悠往前漂走了，一群蜜蜂飞旋在漂浮的蜂箱上面。可能蜂箱漂入水中时，蜜蜂全飞出来，在汹涌的洪水上面追着自己的巢，一直追到一辆陷在水中的汽车旁，蜂箱被拦住。

上百人连夜寻找另一位警察，逃生出来的警察也在其中。据他说，车子翻入水中时，他迅速降下车窗玻璃，手抠住车顶爬了出来。在驾驶位置的警察没有机会逃出，方向盘挡住了他。后座的警察应该也爬出了车窗，但是，坠水的警车很快被吸入涵洞，不知过了多长时间，警车从涵洞另一头钻出来。这个时间，对于淹没水中的人来说，简直太漫长了，漫长到再没有呼吸。

几辆警车沿河道来回寻找，已经是深夜，下着雨，黑漆漆的只听见河水翻滚的声音，河道两岸亮着警灯，不时有警笛鸣响，替代人的喊声。

警车在主河道里找到了，但失踪的另一位警察却不一定在主河道，人的身体小，随便一股分叉的洪水都会把他带走。洪水退了，留下一条条水冲刷过的大沟小沟，寻找的人也分成好几拨，沿着洪水流过的沟壑往下游找。

七

洪水过去后的第四天，那个年轻司机开着铲车进了院子，地上泥泞，这场大雨把地下透了，干不成活。我问起那个晚上他去抗洪的事，年轻司机说，老板叫他开铲车去坝上抗洪，说是县上通知的，不去不行，全县的铲车都在那个下大雨的晚上往坝上开。他开到一半不敢往前走了，路两边都是水，有些路段淹在水里。一路上他只见到一辆车，闪着警灯，超过他时鸣了几声警笛，开始他想警车或许是给他引路的。可是，只一会儿工夫，闪着的警灯突然不见了，路面上全是水，他一脚刹住车，把车往旁边的山坡开，估计水上不到这里，才把车停住。然后，他冒雨爬上山坡，突然听见一大片喊叫声，借助微明的夜光，他看见山沟里的村庄淹在大水中，村民往两旁的山坡上跑，拖拉机"突突突"往山坡上开，牛羊往山坡上赶。

他看见一棵大树，像一艘船在水中移动。

雇他开车的老板家就在这个村子。他赶紧打电话，电话通了，老板喊，你在哪，司机说，我在河对面。问铲车呢？答坏了，停在山坡上。啥坏了。答不知道。电话那边老板停顿了一下，然后说，坏了好。

此时老板一家正在对面的山坡上。他的房子被冲了，羊圈被冲了，唯一值钱的铲车却保住了。司机的家在另一个村庄，所有路被洪水阻断，他回到铲车上，在驾驶室避雨，后来睡着了。

醒来时河边到处是人，说两个警察牺牲了，他想起昨晚在前面消失的警车，心里一阵紧张。过来一个警察，说赶快发动车，跟着他们沿河岸找牺牲的警察。他说车坏了，开不动。干警说，坏了怎么会开到山坡上。赶快发动，不然抓人了。他想给老板打个电话说一下，手指颤抖按不出数字。干警又催。他踩住刹车，拧启动钥匙，竟然没动静。车果真坏了。他正庆幸，被干警抓住领口，一把拉下来。干警自己上去，踩刹车，拧钥匙，"轰"地发动着了。

他看干警挂挡开动了铲车，拔腿就跑，没跑几步滑倒在地，连滚带爬滑到沟边的土堆旁，那里有四五个人，手里拿着长竿，竿头绑着铁钩，朝水里试探。

八

我在这天下午开车出去，沟里的路畅通无阻。洪水从路边的小河流走。小河三四米深，三四米宽，水小的时候清澈见底。河岸长满大小榆树，纵横交错的树根把两岸河堤牢牢护住。

整个山梁和坡地都湿漉漉的，这场雨，把土地彻底浇透了。

车行到东镇沟口，没再往前开。我不想看见那个吞没了警车和两条人命的桥涵。它现在一定露了出来。水退了，该露的都会露出来。

我朝北拐到那个淹掉的村子，一半房子被水冲毁，好在路已经修通。我把车开到被洪水分开的另半个村子。

灾后损失不断在微信中报道出来，全县共冲倒房屋一百七十八间，牛圈羊圈猪圈二百零三间，淹死牛羊二十八只。后来一则消息引起了我的兴趣，两棵挂了牌的百年老树被大水冲走，一棵在洪水退后的第二天找到了，它被连根拔起，往北冲了两公里，斜躺在隔壁村庄一户人家被水冲垮一半的院子里。这户人说，都怪这棵大树，挡住了河道，让水聚起来，冲毁了他家。乡上干部说，怪你家院子占了河道，你看河道到你家这里就变窄了。

河道确实在这里变窄，一棵漂来的大树横在河面，洪水被挡住，越聚越高，淹没岸上这户人家。接着后面汹涌而来的更大洪水，从这家院子冲开一条大口子，大树被水卷到一边，河道重又开阔。在后来更大的洪水中，另一棵大树摇摇晃晃经过了这里，漂入村外的荒野。

这棵树是马有树家的。挂了牌子，属于古树。

九

我打听到树的主人马有树家，在冲剩下的半边院墙的台地上，马有树站在那里发愁。马有树说他损失太大了，冲毁的房子是五年前在老底子上新盖的砖房，花了六万，都没了。现在，花十万都盖不起来。你看。他指着水冲出的深沟说，光填这个沟，就得花好几万。

我说，你还要在这里盖房子？这是老河床，你不怕洪水再来？

他说，不在这盖去哪，这是我的宅基地。

我问那棵冲走的树长在哪。他指着深沟边沿说，就那里，以前是我们家靠路的门楼，树就长在门楼旁。

我问树有多少岁了。

他说牌子上写的三百岁。树原来长在河边，后来河干了多少年，河床上规划起村庄，他家就挨着树盖了房子。

洪水留下的深沟宽展地劈开村庄。它冲倒院墙房子和树，在层层泥沙下找到很久前被人埋掉的老河床。然后，洪水挟裹着被它冲毁的木头、被褥、家电出村了，沿着村外的老河道奔流而下。河流靠山的地方水被渠道引走，被麦田吸收，被穿过村庄的小渠接纳。平常时候村外戈壁上的老河道是干的，只有乱石，只有风刮过掀起沙上。

突然大洪水来了，大洪水几十年前来过一次，那时候村里的河道还在，水一泻而下，直接灌进戈壁尽头的沙漠里，第二年那片沙漠绿了，第三年又枯黄一片。

水的记忆是如此准确。它直接冲垮围墙、房子、羊圈和沥青路面，在半个村庄底下，把它几十年前几百年前流经的老河道翻腾出来。

十

我在马有树那里得知，失踪的警察在昨天上午就找到了。

找人的队伍寻遍附近的水沟，无果，就沿主河道往远处找。河道已经见底了，所有洪水涌入的大沟小沟也都没水了，天上的雨水下完了，地上的渠沟也干了。昨天还在全力抗洪，今天已经着手抗旱了。

寻找警察的人沿河边往戈壁上走，马有树跟在后面，在一段满是淤泥和石头的河湾处，找寻的人停住，围成一堆，说是找到了。一处不起眼的小水湾里，一具漂浮的生命靠了岸。几根浮木一起靠在岸边。

马有树站一旁看了会儿，接着往前走。大水冲过的河道宽阔地躺在戈壁上，不断看到木头、散架的门窗、被褥、衣物遗留在石头间。马有树往前走了不远，就看见他的大榆树斜长在河道上，尽管被洪水冲掉了许多枝叶，显得光秃秃的，但还活着。而且在这几天里它又发出了新叶。

我问，这么大的古树怎么会被水冲那么远。

马有树说，大树一半空了，成了独木舟。

十一

后来我听说，那一夜真正的危险在县城上头的龙王庙水库。四套班子主要领导聚集在水库大坝上，炸坝的炸药都运到坝上，从武装部调来的两挺机枪架在坝上，征用来的几十台挖掘机排在坝体旁。最后的决策要集体通过，由县长下达命令：

炸坝，还是不炸。制定的方案是力保大坝，不到万不得已绝不放弃。一旦大坝抗不住，绝不能让坝从正面溃塌，大坝下面是县城，为保住县城，唯一的选择就是炸开北边河道上方的坝体，让洪水泻入河道，往下排洪。若炸开口子后出现淤堵，便用机枪扫射疏通。

据说做这个决定的时候，县长说话都声音发抖。

一个副县长被派到泄洪河道下游的乡安排转移，一旦水库有险情，决定炸开泄洪道，坝上的电话会先打过来。

乡领导被派到各村等候消息，村长在喇叭里喊，让所有村民不要睡觉，拖拉机发动着等着，一旦上游水库炸开，立马跑人。不要担心家里的粮食家具，洪水退了国家会赔偿。

往哪跑？沙漠里。这个乡所在地一马平川，没有高处，那只有往远处跑，跑过水就安全了。水库离该乡有四十公里，下山水快，顶多半小时洪水就会流到这里。

洪水的速度比拖拉机快，比摩托车慢，但人有半个小时的时间先跑，能跑多远跑多远。跑到沙漠就没事了。

根据往年发洪水经验，水流进沙漠速度就慢了，沙漠渗水，一部分水很快被沙漠吸收。沙丘也会拦挡水头，让水七拐八拐，放慢速度。而人会爬上沙包躲水，也会沿沙漠里的路跑得更远。往年的洪水，最远也就流到沙漠深处的盐泽地，那是准噶尔盆地的中心，再大的洪水，到这里也到头了，再往前就是盆地的北沿，上坡了。

村里家家有拖拉机摩托车，跑过洪水应该没问题。问题是拖拉机里装不下一家的牛羊鸡。人若赶着羊跑，肯定被洪水追上。尽管村里乡里的喇叭里不断喊，让人发动着拖拉机，不要携带太多东西，洪水来了开拖拉机跑，保命要紧。但是，谁能舍下家里的牲畜，马和牛可以跟拖拉机跑，但是羊跑不动的，鸡鸭猪也跑不动，都会拖人的后腿。

十二

后来我听县上一位领导说，当时洪水离坝顶只有三十公分了，整个坝都在晃，观察水位的房子在坝中间的水闸处，值班领导分成几批，三个人一组值守，过半小时一换岗。

这位领导说，当时确实很难决断，水库下面是县城，一旦溃坝，县城首先淹没，水库离县城两三公里，根本来不及撤离。但是，一旦炸坝朝下泄洪，下游乡村的居民转移时间也有限，人员伤亡也不可预知。

炸与不炸，在考验决策者。如果真的炸了，事后又会有该不该炸的疑问。最后关头，那个集体研究决定的不到万不得已，坚持到最后才可炸坝的"最后"，成了一个难以把握的问题。也是这个"最后"，拯救了大坝和下游的人们。当然，也拯救了坝上的决策者。后来大家议论，一旦炸坝，不论后果如何，决策者或都难逃追责。

雨一直在下，岸上的人听见的全是大雨落在水库里的声音。

洪水已经离坝顶二十公分了。上个世纪修的老坝，一直在颤抖、摇晃，它很可能从底部突然溃塌，谁也说不出最后时刻是啥时候，决定炸坝的权力最后落在县长身上。

有一刻，县长就要按下那个爆破的按钮了，但又犹豫了一下。

犹豫也是在等待。

天上倾盆大雨往逐渐涨高的水库里泼，上游一条条河沟的洪水往水库汇聚，泄洪主渠的闸门已经开到了顶。一切不利的因素都在加剧，几乎没有一丝有利的因素给守坝者带来希望。每一秒都在熬。

坝上的值班时间由半小时调短到一刻钟。每次值班时间一到，换班的领导跑步过来，值班到点的领导跑步撤离。

县长刚离开坝上的值班点，电话响了，公安局长打来的，说一辆警车在东镇落水，失踪两人。

赶快组织警力搜救。县长只说了一句，就把电话挂断了。

就在县长决定要下达炸坝命令的瞬间，他已经湿漉漉的头伸到外面的雨里，雨把他决定炸坝的念头浇灭了。后来我问过县长那一刻到底发生了什么。

县长说，他感到落在头顶的雨点稍微小了一些。

也就在这时，水位线停住了，然后缓缓开始下降。山里降雨小了。或者说山里该来的水都来了，也就这么多了。

十三

剩下都是不重要的事了。

洪水过去一个月后，州水利局专家来到沟里，在我书房喝茶。说要拨款修门前这条河道。他们下来考察。

我问怎么修。

技术人员说，只能修成水泥河道。

我说，那河边的这些树呢。

技术员说，都得挖了。

我说，那些树在河边长了多少年，一棵挨一棵，已经跟河岸长成一体。多大的洪水都没把它们冲垮过。

我说，修成水泥渠，这条自然形态的小河就彻底消失了。

我说，我们选择在这个山沟生活，就是因为有一条没有改造过的小河，还有河边这些大榆树。你们饶了这条小河吧。

后来听说那条冲走蜂箱也让两名警察牺牲的小河，修成了水泥防渗渠。我去过那条沟，比我们住的山沟宽，地也平展，小河两旁长着护岸榆树，低洼处的草滩上有牛羊放牧。养蜂人的蜂箱放在河边草地上。

我还听说那棵被洪水冲走的古树，冲到下游乡的地盘上。

找到古树的马有树给乡林业站报了案，因为家门口这棵大树，他爹给他起名马有树。

乡林业站的干部说，你们家门口的大榆树属于古树，有备案，虽然树被水冲走了，但树在下游乡的戈壁上找到，还活着，这就等于异地栽植，按林业上的规定补办个手续，那棵树就归下游乡林业站管，跟你跟我们乡都没关系了。

2016—2022年10月29日改定

菜籽沟早晨

挖坑捉雁

雁叫是天上的儿歌。那些不属于我们的孩子，手牵手，排长队从天上回家。

这时节田里的苞米已经收完，包谷秆也割倒在地，提镰刀的人仰头站在旷野中。拉运禾秆的牛车缓行在云朵下，坐在高高禾秆垛上的赶车人，也仰头望天。一年的农事到秋收后结束。地上没活了，天上热闹起来，每天都有雁队南飞。雁叫声仿佛在喊地上的人，谁听见了都仰头看，都觉得自己是落在地上没飞走的那一个。

雁从天边飞来是上坡。仿佛村庄上空的天，被草垛、树和炊烟顶高，被人的喊叫和梦顶高。天一高便空了。云都躲得找不见。排成人字的雁队高高地掠过村庄，像谁家地里的两行包谷，被鸣叫声收走了。

雁不会落到地里吃包谷，也不落到谁家屋顶和院子。它们只从头顶过路。我们村边的天上有一条看不见的大雁回家的路。

一个月前，捉雁人便开始在荒野上挖坑。今年新挖了三个坑，南北向的长方形，一人多深。这个深度保证他在坑挖好后，能手扒坑沿爬出来，而落入坑中的大雁不会飞出来。

"坑的宽度使大雁无法展开翅膀。"他在坑里张开膀子比划。他认为自己张开膀子跟大雁展开翅膀一样长。

他挖好一个坑，爬上来，仰头看天，往前走一百步，再挖一个坑。

他挖的每个坑都在我眼皮底下。我坐在坑沿上，看他在坑里满头淌汗。我不帮他。他也不让我插手。我帮他挖坑了，万一大雁真的落下来，就是两个人的功劳了。

他干的是独活。除了他，没人会干这个。

我啥也不干，见别人干事情，就过来看。啥也不干也是一门独活。整个村里就我一人啥也不干。

"今年就挖三个。去年挖的坑冬天掉进去野猪了，毁得不太方正，得修一下。坑必须要方正，有棱有角。"

他用铁锨铲坑角线，我从上面朝下看，角线不是太垂直，朝西偏了，但我没说。他的坑是挖给天上的雁看的，会有一群雁的眼睛在高处吊坑角线。

"让雁掉下来的，是方正。整个天是圆的，地也是圆的。我的坑是方的。雁会被方吸引住，一头栽下来。"他仰头望着天说。

"你咋知道雁会被方吸引？"我说。

他白了我一眼，挖一铁锨土猛地朝我扔过来。

"你不说我也知道。"

他又扔上来一锹土，我都躲过了。

"从天上看地，是一堵无边的墙，你挖的坑是一扇方窗户。"我说。

"好像你在天上飞过？"他又扔上来一锹土。这锹土没扔到坑外，他的劲不够了，土原落回去，撒在他头上。

我走到他前年挖的一个坑边，确实有野猪陷进去，把坑边拱得不方正了。这片荒野上除了他挖的坑，就是一些爬地生长的矮碱蒿子，稀稀拉拉，即使刮风时一棵也拍打不到另一棵。土是虚的，我看见自己去年踩的一行脚印，绕过坑沿朝远处走了。我想不起来去年我曾穿过荒野去了哪里。我往北走了几里又折回来，想我明年再看见留在虚土上的这行脚印时，或许依然不知道今年的我去了哪里。

我回来时他躺在坑里睡着了。我替他看了会儿天。这时候大雁还没有上路，他有的是时间把坑挖好，在坑里睡一觉再睡一觉。

我在坑沿挪步时，一些碎土滑落到坑里，打在他的衣服上，竟然没有惊醒他。我低头看他沉睡的样子，突然冲动地想把他埋掉。他的铁锹立在挖了一半的坑壁上，挖出的新土堆在坑沿。我俯下身，手伸下去抓住铁锹把。挖出来的土都是虚的。他往外扔土很费劲，我往下填土容易得多，只要几十分钟，我就能把这个坑填平。

我被自己的想法吓住，赶紧转头走开。走几步又回到坑沿上，看一眼天，又看一眼他。我知道他正在做梦。我熟悉做梦人的表情，跟醒来时换了一张脸。人在梦里有一场人生。可能他在梦里已经被我埋掉。一个醒来人的想法很容易变成另一个睡着人的梦。

我拿起一个土块正要扔下去砸醒他，突然天上响起雁鸣声。雁群正从北边沙漠飞过来，似乎雁群有地上的方坑指引，一只一只地飞过方坑，雁的影子一只只掉进方坑。

我想，这时若真有一只雁掉下来，会落在睡在坑里的捉雁人身上。整个方坑里是他的梦。梦是虚的，雁会一直穿过他的梦，穿透厚厚的大地之墙，飞到另一个世界的光明里。

我回村子时天阴下来。路上走着一个背禾秆的人，脊背上摞着高高的禾秆垛，看不见压在下面的人，只听到一堆哗哗的响声在移动。我轻脚跟在后面，在我后面不远处，捉雁人也在轻脚回家。整个荒野暗下来。我们放缓脚步，让这个背禾秆的人先进村子先回家。我和捉雁人都空着手，他的铁锨扔在挖了一半的坑里。整个夜晚，一把躺在方坑里的铁锨，面朝寥廓星空。坑里的夜更黑。我在梦里拿起他扔下的锨，像他一样往外扔土，他挖的每一个坑我都再挖一遍。我站在越挖越深的坑里，听大雁鸣叫着飞过头顶。这时候捉雁人在另外的梦中。他家的房子和我家隔了一条马路，他的梦，离我比一粒尘土到一颗星星都远。我在梦里从来没有遇见他。有时我想，他把挖了一半的方坑扔在地上，梦中自己飞在天上，朝下看他挖的坑里站着另一个人，在仰头望天。我也从来没有在梦中看见天上飞过的大雁，只听见一阵阵的雁鸣落进坑里。

我在自己的梦里看懂捉雁人做的事情。他用梦诱捕大雁，他每挖一个坑，便在坑里睡着做一个梦，他的梦是长方形的。而在我看来，每一个躺在地上做梦的人，都是一个深不见底的长方坑。每个梦都是一扇大地之墙的窗户。一群一群的大雁，经由人的梦打开的窗户，穿过了大地之墙。

这年秋天，胡四家养的五只野雁飞走一只。雁是夏天从河湾芦苇丛掏的，五只毛绒绒的小雁，拿回来让家里的花母鸡领着。母鸡孵了十几只小鸡，刚出壳，小雁认花母鸡做妈妈，花母鸡不认，见了就叨。一只小雁翅膀被叨伤了，耷拉下来。胡四家女人追打花母鸡，边追边骂：你个想挨刀的，几个没妈的小雁，你领着能累死你吗？花母鸡被追骂得"咯咯"叫，小鸡小雁混作一团。

花母鸡从此认了小雁，跟自己的小鸡一起带着。母鸡把地上的土刨开，"咯咯"地叫小鸡小雁。小鸡吃虫子，小雁不吃虫子，吃一旁的青草。小雁长得比小鸡快，不出两个月就有花母鸡大。到秋天便已经是大雁了。这时节头顶每天有雁群排队飞过，雁叫声传到这家院子里。鸡听见雁叫没反应，雁听到了便仰头看，拍打翅膀跑，鸣叫着想飞起来。

胡四家女人怕养大的雁飞了，早早剪了翅膀上的羽毛。

有一天，一只雁还是飞了。

"养不熟的东西。"胡四家女人说。

"费好大劲养大，别让都飞了。"胡四说。

那只雁飞走的第三天，剩下的四只被捉住，一只一只剁了头，烫了毛。其中一只和辣子炒了一锅，一家人围在院子吃雁肉时，听见了雁叫。那只飞走的雁回来，落在院子里。花母鸡和长大的一群小鸡，都围过来看这只回来的雁。灶火旁一地雁毛。雁不知道发生了什么，叫着走进鸡群。胡四家女人停住筷子，看男人。

"吃吧。养了就是吃的。"胡四说。

女人停住筷子，进仓房舀了鸡食，撒给鸡和雁吃，特意给回来的雁脚下多撒一把，雁仰头"啊啊"地叫。

第二天一早，回来的这只雁被胡四捏住脖子，提到肉墩上剁了头。

"都怨你，害得我们把那几只剁了。原想养到明年，养大了孵一群雁。都怪你。我让你飞。你飞走就走，回来干啥呢。"

胡四家女人边拔雁毛边嘟囔。

雁队过来了，一队一队的雁，从方坑上面飞过。这是雁每年必经的荒野。我们叫西戈壁。雁来回的路都在村庄西边的戈壁上空。春天雁飞来时村庄在它的右眼睛里，回去时村庄在左眼睛里。数不清的村庄在大雁翅膀下滑过。但我们村子不一样，它在茫茫荒野中，荒野尽头是一望无际的沙漠。

前后左右都是他挖的坑，捉雁人站在中间，我蹲在他身后。

一队雁过去了，没一只掉下来。

又一队雁过去了，还是没一只掉下来。

第三队雁过来了，人字长队后面，有一只掉队的雁，远远地落在后面，它孤单的叫声跟在雁鸣后面。

捉雁人感到机会来了，他手卷成喇叭对在嘴上，"啊啊"地朝天上喊，声音像一只落队的雁在拼命喊叫。这是他的招数，那些失去儿女的雁，会以为自己的孩子在地上叫，然后一头栽下来，掉进方坑里。

第四队雁飞过来时，他的嗓子叫哑了，我听着吃劲，突然张嘴"啊啊"地大叫了两声。

我被自己的叫声吓住了。我的叫声竟然比他的高，直达天空。

他也惊奇地回头瞪着我。

我赶紧住嘴。要是这时候掉下一只雁来，算谁的呢。

没有雁掉下来。今天再没雁队飞过来了。从荒野上一眼能望到天边，雁队从天边飞来时像一些小小的羽毛，从看清人字形，听见隐约的雁鸣，到它们越飞越高到达荒野上空，得半日的工夫。白天没看见影子的雁，都会在夜里飞过人的梦。

我和捉雁人一前一后回村。这片荒野上从来没有路，我和捉雁人都是落荒而行的人，我们今天的脚步不会踩在昨天的脚印上。明天的脚步也不会落在今天的脚印上。快到村边时，太阳正好落到地平线上。我看见捉雁人的影子长长地从荒野上伸进村子。我看见我的影子躺在捉雁人的影子里，一起伸进村子。

最后一队雁过去后，天上的云便多起来，先下秋雨，然后落雪。天有自己的事情。雁队飞过时节，秋天的暖和日子也排着队一个一个走完了。

一下雪，捉雁人便不再出门。他这个人，只关心秋天回飞的雁。五月雁来的时候，他站在戈壁上，仰头数数字。除了他，没人管天上过去多少只雁。他把春天过去的雁数清了，然后，秋天雁飞回时再数一遍。他干的是独活。

整个冬天只有我在大雪覆盖的戈壁上转悠，我把他挖的坑用树枝和草盖住，落一场雪，盖住的坑就看不见。隔几天我扛铁叉在戈壁转一圈，一次坑里掉进一只兔子，原跳出来跑了。这个深度的坑陷不住兔子。我想陷的是野猪。如果掉进去一头野猪，我一个冬天都会有猪肉吃。当然，我会给捉雁人送去一条野猪后腿。不过，万一他知道野猪是在他挖的坑里陷住的，他会把一头猪要过去。他干的是独活，不会和我分享的。

在我想着野猪会掉进坑里的漫长冬天，村里人家喂的家猪一头头长肥。他们不知道我想象中的野猪也在雪地里长肥。只是那头唯一掉进坑里的野猪，在我做梦的夜晚，把方正的坑沿拱扁，把垂直的坑脚下拱得歪歪扭扭，然后爬出来跑了。

这个夏天捉雁人没有去戈壁上数雁。雁的影子依旧一只一

菜籽沟早晨

只落进方坑。我帮他数人字形的雁队里飞着多少只大雁，我一只眼睛盯一队雁，我想捉雁人也是这样数雁的，我见过他数雁时的眼神。可是我没数清有多少只雁飞过了天空。我只记住了落进方坑里的雁的影子。我想捉雁人想捉的，可能就是雁的影子吧。

秋天雁队飞来时我去看望捉雁人，他躺在炕上，眼睛空空地望着房顶。

我说，"今年的雁开始回家了。你听到雁叫了吧。"

他苦笑了一下，嘴角处一边一个坑，是他得病后凹下去的。

"我挖了那么多坑，连根雁毛都没捉到，你一定笑话我呢。"他说。

"我不笑话你，你干的事他们不懂，我看得懂。"我说。

"你看懂啥了？"他说。

"我梦里飞到天上，朝下看见你在荒野挖的坑。我还看见你躺在坑里做的梦。每个人的梦都是一个坑。"我说。

"我在梦里同样看见你站在坑中，朝上望。我知道我白天挖的是你梦里的坑。我把铁锨留在坑里，知道你梦中会用。你在坑里听见雁鸣时，我正双臂张开，飞在黑黑的雁队后面，没人看见我在飞。连飞过夜空的雁，也看不见有一个人跟在它们后面飞。"他说。

"我也经常梦见自己跟在雁队后面回家，但我从来没看见过你，我在另一个梦中的另一群雁队后面，我膀子张开，腿叉开，眼睛朝下找地上的家。那些雁像孩子一样'啊啊'地叫，我也学着叫，在那些梦里我也是一个孩子，叫着叫着，突然看见地上的方坑，我一头栽下去，整个梦全黑了。"我说。

"我很小时母亲不在了，村里人在荒野上挖一个方坑，把我母亲的棺材放进去。后来我便经常梦见那个方坑。再后来我在荒野上挖我梦见的方坑。我夜里梦见自己跟在雁队后面，听见排在队伍前面的雁在'啊啊'地叫，我知道有一声是我母亲的声音，她在叫我，而我排在最后面，飞不到她跟前。"他说。

不断有村民来看捉雁人，说几句好听的话，便出去。

屋里剩我和他。他说："今年我捉不了雁了。你去看看。肯定有一只雁跌到坑里。那群回家的大雁队伍里最后的那只，会坠落在坑里。"

他的眼睛空空地望着屋顶。

我说："你的眼睛是无底的坑，陷住过天空、荒野、雁及天地间所有东西。每个秋天的雁，都飞过你的眼睛，也飞过我的眼睛。我们捉到过所有的雁，连梦里的雁我们都捉到过。"

"我就去梦里捉雁了，荒野上的坑，留给你。"

我看见他的目光从屋顶塌陷下来，收回到空空的眼睛里。这一刻，他一定看见自己的身体，落回到他挖的最方正的一个坑里。这是我给他想好的。

2023 年 6 月 21 日

大地上的家乡

远路上的新疆饭

一

有一年，我们开车去阿勒泰，从天山脚下的乌鲁木齐出发，穿过茫茫准噶尔盆地，往天边隐约的阿尔泰山行进。原打算在黄沙梁吃午饭，那里的路边有几家卖拌面和大盘鸡的野店。所谓野店，就是前后不着村，饭馆的矮房子淹没在路边野草中，四周是沙梁起伏的荒漠。那时这条穿越荒野的道路旁人烟少，饭馆更少，南来北往的人，行到这里早都饿了，都会停车吃饭。我们却没饿，行车到半中午时，见路边一片瓜地，便沿便道开车到瓜地边，想买个西瓜解渴，一地西瓜明晃晃地熟在地里，却找不到看瓜人，没办法买，只好自己摘了吃，吃饱了在瓜皮下压了一块钱，算是付了费。这顿西瓜把我们的午饭耽搁了，到黄沙梁的野店时，都饱着，就说再往前赶，结果一直赶到了黄昏，车里人饥肠辘辘，这时候的大漠落日，就像挂在天边永远吃不到嘴的圆馕。司机说，这段路上再不会有饭馆，也不会有西瓜地。我们穿过沙漠腹地已经到了更加干旱荒凉的阿尔泰山前戈壁。

这时，荒无人烟的路边突然冒出一间矮土房子，土墙上歪歪扭扭写着"沙湾大盘鸡"。赶紧刹车拐进去，车停在院子。所谓院子，就是土屋前一小片修整平坦的戈壁，和屋旁辽阔起伏的戈壁滩连在一起。店里只一张桌子，七八个板凳。女店主的表情也跟戈壁滩一样漠然，不冷不热地说一句"你来了"，那语气像是认得你。你似乎也觉得认识她，只是记不起来。她提着大茶壶，给每人倒一碗茶，那茶仿佛泡了一天，跟外面的黄昏一般浓酽。

忐忑地要了一道大盘鸡，问多久炒好。说快得很，一阵阵。果然喝几碗茶工夫，做好的大盘鸡端上来了，那盘子占了大半个桌子，鸡块、土豆块、辣子满满堆了一大盘。四双筷子齐刷刷伸过去，没人说一句话，嘴全忙着啃鸡，忙着吃里面的皮带面。太阳什么时候落山的都不知道，小店里渐渐暗下来时，我们才从贪吃中抬起头来，彼此看看，谁学着女店主的腔冷冷地说了句"你来了"，大家都笑起来。

我全忘了坐在一桌的人是谁，我们因什么事踏上了去阿勒泰的这趟旅行，只记得吃着大盘鸡的瞬间，我侧脸看着窗外荒天野地里的红彤彤晚霞，地平线清晰地勾勒出大地的边沿，那是我在千里之外的小县城，时常看见的天边，我们开车跑了一整天，她还是那么远。仿佛比我在别处看见的更远。那一刻，一顿荒远的晚饭，就这样长久地留在了回味里。

多年后再走那条路，有意把时间磨到黄昏，想再坐在那小店的窗口，吃着大盘鸡看荒野落日。想再听那恍惚的一句"你来了",沿路经过一个又一个路边饭店,一直把天走黑,那土房子再找不见。

二

大盘鸡是我家乡沙湾发明的一道大菜,说是菜,其实也是饭。新疆饮食大多饭菜不分,拌面、抓饭、手抓肉都是饭里有菜,菜饭合一。大盘鸡也一样,主菜鸡,配料辣子、洋芋、葱、姜、蒜,外加特制皮带面,搅拌在一起,结实耐饿,适合在路途中吃,也方便在偏远路边店炒制,剁一只鸡,配一把辣皮子,一只铁锅便能炒制出来。

大盘鸡发明那些年,我在沙湾城郊乡农机站当管理员,常被拖拉机驾驶员拽去吃大盘鸡,那些跑远路的司机,吃遍天山南北,还是觉得大盘鸡好吃。好在哪,可能就是盘子大,可以放开吃。不像那些小碟子小碗的吃法,都不好意思下筷子。那时大小酒桌上的主菜都是大盘鸡。一大盘子鸡肉摆在面前,红辣皮子青辣椒,白葱绿芹黄土豆,满满当当堆一盘,能让人胃口大开,平添大吃大喝的豪气来。

沙湾大盘鸡在上世纪九十年代沿公路传到全疆各地。

到现在,好吃的大盘鸡都在路上。后来大盘鸡传到城郊僻街陋巷,生意依旧红火。城里人纷纷开车来吃,城郊乱糟糟的环境能和大盘鸡相匹配。再后来大盘鸡进了城,乌鲁木齐繁华

111

区开过许多大盘鸡店，没多久都倒闭了。不是城市厨师手艺不好，大盘鸡本是一道乡间野路子大菜，在乡村饭馆和路边的简陋餐桌上，它一盘独大，其他菜都围着它转。到了城里的大餐桌上，七碟子八碗，大盘鸡失去了霸主位置，自然就寡味了。

有几年我们在和丰做工程，常走呼克公路，早晨从乌鲁木齐出发，到黄沙梁那一片刚好中午，在路边沙包下的饭馆吃大盘鸡。那几家店我们轮换着吃过，味道都差不多，好不到哪里，只是那个环境，太适合吃大盘鸡了，屋外摆着永远擦不干净也支不稳当的圆桌，除了路，四周是沙漠荒野。有时刮起风，空气中呼呼啦啦地响，一阵沙尘草叶扬过来，大盘里的鸡肉也随之味道丰富起来。

我有一个亲戚，就在黄沙梁北边的沙漠里，开荒种了几千亩地，说了几次让我去他的农场玩。一次我路过黄沙梁，突然想去看看这个当地主的亲戚，打手机接不通，没信号，便驱车往沙漠里开，在岔路纵横的荒漠中凭感觉行驶了三个小时，最终盯着远远的一缕炊烟来到亲戚家的农场。那缕冒着炊烟的矮房子，坐落在一眼望不到边的棉花地边，女主人正在做午饭，见我来了，赶紧让小儿子骑摩托车去喊他父亲。

不一会儿，带着一身农药味的男主人回来了，说在开机子打农药。我说，耽误你干活了。亲戚说，让虫子多活半天吧，没事。说着扭头吩咐女人剁鸡，只听房后一阵鸡叫和扑腾声。又过了一阵子，一大盘鸡便做好端上来。男主人从床底下摸出两瓶沙湾苦瓜酒，我们边吃边喝边聊着棉花收成的事，五个男人，一会儿就把一瓶子酒喝光，第二瓶喝到一半时，主人喊小儿子去买酒，我说喝好了，还要赶路呢。小儿子不听我的，一脚油门，摩托车扬尘远去。

那半瓶酒喝完时，太阳已经西斜到棉花地里。主人看着空了的瓶子，不好意思地说酒很快买来了。我说不能再喝了，还要赶路。男主人说，你来了就不要想走。我说真的有事要走。主人说，你要再说走，我就开挖掘机去把路挖断。

天色黄昏时，听见摩托车声，小儿子抱来一箱子苦瓜酒。我问去哪买的酒，说公路边的小商店，来回一百多公里。我们等了三四个小时，先前喝上头的酒劲都过去了，主人又吩咐剁鸡炒菜重新喝。我看天色已晚，哪都去不了了，只好任凭主人安排。

第二轮酒是在月亮底下喝开的，酒桌摆在沙地上，白天的闷热过去了，凉风从西边徐徐吹来，月光下轮廓清晰的沙丘像在晃动，月亮也在天上晃动。不知何时，同来的三个人早已躺在沙地上睡着了，司机也在敞开的车门里呼呼大睡，剩下我和亲戚举杯对饮。

荒漠之中，明月之下，两个喝高了的人，嗓音高低不平地说着明早肯定会忘记的滔滔大话，那话随月亮升高，又随沙丘起伏向远。

我就在那时听见屋后面的鸡叫，先是一只，接着三只五只，远远地，沙漠那边的鸡叫也传过来。我看着盘子里剩了一大半的鸡肉，突然嗓子发痒，我从自己一个接一个的打嗝声里，也听见了鸡叫。

三

在新疆，最方便在野外吃的还有手抓羊肉，一锅水，一只羊，煮熟了吃，做起来比大盘鸡还简单。

一次我们到伊犁军马场去游玩，中午约在山谷里一户哈萨克牧民的毡房吃煮羊肉。到了毡房，牧民说羊去后山吃草了，主人骑马去驮羊，结果一去半天。到太阳西斜，羊驮来了。招待我们的人说，羊远得很，山路也不好走。我们看着主人宰羊、剥皮，肉放进石头支起的大铁锅里，松树枝在炉膛慢慢烧着，我们耐心地等。

跟我们一起等待的还有盘旋天空的一群老鹰，鹰早在牧民马背驮羊下山时就盯上了，一直追踪到毡房前，看着羊宰了，煮进锅里，它们等着吃骨头。几只牧羊犬也等着吃骨头。还有远近草原上的牧民，他们看着天空盘旋的老鹰，就知道鹰翅膀下面的毡房在煮羊肉了，一匹匹的马儿，驮着主人朝着这边溜达过来。

羊肉煮熟端上来时天已经黑了，堆成小山的一盘肉里，仿佛已经煮入了牧民上山驮羊的时间、羊在山上吃草的时间、鹰在天空盘旋的时间，以及我们饥饿等待的时间。

大地上的家乡

那一餐，我们一直吃到半夜，肉吃了一块又一块，每人面前都堆了一堆羊骨头。酒也喝掉一瓶又一瓶，都没有醉的意思。仿佛我们等了大半天的饥饿，要用大半夜才能吃喝回来。

四

我的朋友刘湘晨说过他最难忘的一顿饭。

那年他在塔什库尔干拍纪录片，要下山买摄像机电池，站在村口等车，等到快中午，路上连个车影子都没有。就在这时，山坡上说说笑笑来了五个姑娘，在路边的平地上支起帐篷，用石头垒起一个炉灶，放上铁锅，便开始架火烧饭。我的朋友不知道姑娘们给谁做饭，也不便过去问，就老老实实坐在路边等。等得快睡着了，过来一个姑娘喊他，让过去吃饭。姑娘说，我们在村里看见你在这里等车，今天不一定会过来车，明天后天也不一定有车过来，我们给你搭了帐篷，做了饭，你住下慢慢等。

我的朋友常年在塔什库尔干拍片子，住在当地的塔吉克族人家，早已领略了塔吉克人的热情好客。但这样的奇遇还是第一次。他感激地吃完姑娘们做的清炖羊肉，正打算在帐篷里住下，远远看见一辆运货的卡车开来。他多么不希望这辆车过来，最好明天后天也不要有车来，他就一直住在路边的帐篷里，每天看着五个姑娘在石头垒的炉灶上给他做饭，晚上躺在帐篷里，望着高原上的星星和月亮，做着美梦，等一辆永远不希望它过来的车。

他可能是塔什库尔干最幸福的路人了。

同样的幸福经历我也遇到过。

那次我们驾车去和布克赛尔蒙古自治县牛石头草原探路，那是一处远离县城的高山湿地夏牧场，没有正规道路，汽车走的都是羊道，羊群踩出的道大坑小坑，要把车颠散架似的。一百多公里的路，走了四个多小时。大中午时，一行人进到一户牧民毡房，男人放羊去了。我们给女主人说，能否给做点吃的，我们付钱。

女主人热情地招呼我们上炕坐下，很麻利地铺上一块白色单子，把烤馕和小油饼放在上面，沏上烧好的奶茶，让我们品尝。然后，女主人架着外面的炉子，开始煮风干牛肉。

我们出去游玩拍照。这里是一片高山湿地牧场，一块块的巨大石头，像卧在草原上的石牛，全头朝西，任由西风吹凿出头、身体和鼻子眼睛。草原上还有两个小湖泊，挨的不远，像两只望向天空的眼睛。我们玩得忘记时间，直到听见女主人站在一块大石头上高喊，声音高高地飘到天上又落在草地的大石头间。

那顿肉我们吃得很仔细，肉被风吹干，再煮熟，还是干硬的，只有小块地咀嚼，肉里有风的悠长干燥，有草从青长到黄的香，有石头的咸，有松枝烧柴的火气。一大盘子牛肉，细嚼慢咽地全吃光了。

临走时问主人需要多少钱。

"不要钱。"蒙古族阿妈说。

同行的朋友掏出五百元钱硬塞给阿妈。阿妈拗不过，就收下了。然后，她俏皮地笑着，一人一张把五百元钱塞给了我们一行五人。

像是塞给她的五个孩子。

五

那年我和一位作家在维吾尔族朋友陪同下，到库车塔里木乡采风。爱说笑话的乡会计开一辆没刹车的破桑塔纳，拉着我们在渠沟纵横的胡杨林里穿行。矮胖敦实的维吾尔族乡书记坐前面，我们同行三人挤在后排。会计用半生不熟的汉语说，你们不要担心我的车没刹车，刹车多得很，胡杨树、沙包、渠沟都是刹车。确实这样，对面过来一辆拖拉机，眼看撞上了，会计一把方向，直接对在路边沙包上，把车刹住了。

晚饭安排在塔里木河边一户农民家，两间房子，孤孤地坐在胡杨林里。我们进屋脱鞋上炕，炕桌上摆着馕和葡萄干，乡书记让我们坐上席，他和会计坐对面。我们喝着奶茶吃着馕，会计打开自己带的几包油炸大豆和花生米，乡书记从身后摸出一瓶酒，打开自己倒一杯喝了，又倒一杯给我。维吾尔族喝酒是一个杯子轮流转，转一圈，酒瓶子交给我，我先倒一杯自己喝了，再倒一杯给乡书记，就这样一圈圈地转，几包花生米都吃完了，天上星星出来了，我以为就这样一直喝下去了，突然房门打开，主人端着一大盘煮熟的羊肉进来，接着提来水壶，挨个给我们浇水净手。乡书记说，刚宰的羊。书记带我们双手捧起来。然后，他从腰上的刀鞘里抽出一把刀子，刃朝自己，刀把递给我。我在盘子中间最大的那块肉上割一块自己吃了，又割一块给乡书记，然后刀子递给会计，他麻利地把肉削成小块递给我们，自己也不时塞一块肉在嘴里。

肉吃好已经是半夜了，我以为该开着没刹车的桑塔纳回乡上睡觉了。可是，乡书记又摸出一瓶酒，说刚才是白喝，没有菜。现在菜来了，正式喝。

这场酒从半夜开始，往深夜里喝。与我同行的作家喝几杯说醉了，一歪身躺炕上睡着了。我们在他的鼾声里一杯杯地喝，他睡一觉突然坐起来，说该走了吧。乡书记见他醒了，拉住硬给他灌一杯酒，他又倒身睡过去。我们就在他睡睡醒醒间，喝了一瓶又一瓶。中间有一阵子，我有点迷糊，喝了几杯又醒过来。醒过来我突然开始说维吾尔语，他们都惊奇地看着我，这个前半夜不会说半句维吾尔语的汉人，后半夜张口就是维吾尔语。我用维吾尔语跟他们说笑，给他们敬酒，他们都能听懂我说什么，我也知道我在说什么。似乎我几十年来听到耳朵里的维吾尔语都被酒激活，涌到了舌头根上。

喝到东方泛白，我出去方便，看见房后胡杨树林下隐隐约约的水光，一大片，我沿林间小路走过去，宽阔的塔里木河出现在眼前。整个一夜，我们就在塔里木河沉静的涛声里喝着酒，却浑然不知。

我从河边回来时，听见了鸡叫。天渐渐亮起来，从水流中能看见亮起来的天色，胡杨树梢上的叶子也有了亮光。我回到屋里，见他们已经横七竖八躺了一炕，全睡着了，打着呼。那个使劲劝我喝酒的乡会计，还说了两句维吾尔语的梦话，听不清。男主人打着哈欠进来，低声对我说了句话，我听不懂，想回一句，嘴张开，说了半夜的维吾尔语竟半句都找不见。我不好意思地对他笑笑，然后，挤到炕角上和他们一起睡着了。

六

好多年前，我和回族画家张永和在老奇台镇采风，中午坐在路边小饭馆门前吃拌面。过来三架马车，车上堆着空麻袋，显然刚卖了麦子。赶车人把马拴在门口的杨树上，一伙人吵吵嚷嚷在门口的大桌子前坐下，我以为他们要大喝一场，粮卖了，人人口袋里装着钱。

可是，他们什么都没要。

其中一个人往里面高喊："老板，来碗面汤，馍馍自带。"

他们从随身布袋里拿出馍馍，每人拿出的都不一样，有白面的、包谷面的，有花卷，有馒头，摆在桌子上。老板从后堂抱来一摞子大瓷碗，一人跟前摆一个，拿大水勺挨个地加满冒热气的面汤。

"谢谢啦，老板。"其中一个说。

"喝完了再加。"老板说。

他们用面汤泡馍馍很快吃完了，我和永和吃过拌面，喝着面汤看他们赶马车上路。

问老板他们咋喝个面汤就走了。老板说，"今年天灾，粮食收得少，农民都舍不得吃拌面，就要一碗面汤对付了。"

"不过，他们收成好的时候会过来好好吃一顿。"老板又说。

面汤是新疆最暖人的汤，不要钱。吃完拌面，最舒服的就是喝碗面汤了，汤里全是面的味道，略咸，喝一口下去，面汤烫烫地穿过刚入胃的拉面，那些香味又被勾回来。

有一个笑话，店小二给老板说，"一食客吃完拌面没付钱走了。"老板问，"喝面汤没?"小二说，"没喝。"老板说，"那就没事。"过了会儿，果然食客急匆匆回来，让老板上碗面汤。

我在沙湾金沟河乡农机站工作那两年，每天中午到乌伊公路边的饭馆吃拌面，一次一位种棉花的农民坐在对面，和我一样要了拌面，菜和面端上来时，他先把一小半菜拌在面里，很快吃完，喊一声"老板，加面"，剩下的菜分一半到新加的面里，吃完再喊一声"老板加面"，待面上来，把其余的菜全拌进去，菜盘子拿面擦干净，呼噜呼噜吃了，又喊一声"老板，面汤"。

我被他的吃法感染，也喊了声"老板，加面"。面加了却没吃完。

听老板说，附近种地的农民，天刚亮就下地，中午没工夫回家做饭，就到饭馆结结实实吃一顿拌面，然后干到天黑才回家。那一份拌面，要把上半天耗尽的力气补回来，还要撑到天黑。出那么大劲，加几份面都不够的。

路边饭馆的常客多是跑长途的司机，这顿吃了，下顿在千里之外。拌面是最能抗饿的。饭量大的加两三份面，再喝一两碗面汤，弓腰进来，挺着肚子出去。吃拌面的人，吃到加面才是最香的，加面不要钱，最后那碗面汤也不要钱。这是新疆饭的厚道，管吃饱喝好。

进到新疆的大小饭馆，主人先倒一碗烫茶，再问你吃啥。茶水也是免费的。一个不产茶的地方，竟然免费给客人喝茶。

那几年我常坐在路边饭馆喝茶，道路坑坑洼洼，汽车远去后，扬起的尘土缓缓落下来，像岁月一样，落在身上头上，我不管不顾地坐着。那时我年轻迷茫，看着远去的汽车会莫名伤感，仿佛什么被带走了，让我变得空空荡荡，又满眼惆怅。

多少年后我还喜欢在路边的小饭店吃饭，望着往来车辆，想找到年轻时的那份忧伤。我二十多岁时，在尘土飞扬的路边，想望见四十岁五十岁的自己，到底走到了哪里。如今我年近六十岁，知道已走在人生的远路上，此时回头，看见二十岁的自己还在那里，我在他远远的注视里，没有迷路，没有走失。

2021年4月2日修订于去上海的飞机上

大地上的家乡

一

二十七年前的一个秋天，我辞去沙湾县城郊乡农机管理员的工作，孤身一人到乌鲁木齐打工。在这之前，我是一个闲散的乡村诗人，我用诗歌呈现自己内心的想象和情感。除诗之外，不屑于其他任何文体。我觉得诗歌那一句摞一句可以垒到天上的诗句，是一种形式也是一种仪式，它太适合盛放一个乡村青年的孤傲内心。可是，我的诗歌写作到乌鲁木齐打工后便终结了，我放下一个诗人的架子改写散文。

现在回想起来，我的第一本散文集《一个人的村庄》的写作契机，或许就是我在乌鲁木齐打工期间的某个黄昏，我奔波在这座陌生城市的街道上，一扭头，看见了落向天边的夕阳，那个硕大的、跃过城市落到地平线上的夕阳，它正落向我的家乡。因为我的家乡沙湾县在乌鲁木齐西边。那缓缓西沉的太阳，像一张走远的脸，蓦然回转，我被它看见，看得泪流满面。

那一刻，我知道每个黄昏的太阳，其实都落在我的家乡。

那里的弯曲道路，土墙房屋，以及鸡鸣狗吠的声音，孩子哭喊的声音，牛哞马嘶的声音，都被落日照亮，一片辉煌。那个被我扔在远处的家乡，让我从小长到青年的遥远村庄，在一个午后的夕照中，被我看见，我开始写它。那样的写作如有天启，我几乎不用去想如何写，村庄事物熟透于心，无论我从哪一年哪一件事写起，我都会写尽村庄的一切。

那么，这本书究竟写了什么，这样一个扔在大地边沿，几乎没有颜色，甚至没有多少故事的村庄，能写出什么。

我没有去写这个村庄的四季劳作，没有去写乡村的风俗文化，也没有写数百年或者数十年来村庄的遭遇和变迁。当我着手写作时，我觉得这个村庄的农耕生活，它跟中国任何一个村庄一样的乡土命运，以及经过村庄的一场一场的政治运动和变革，都变轻了、变小了，它甚至小到没有刮过村庄的一场风更大。

那么什么是最重要的。

是时间。

时间在一年年地经过村庄，用一场一场风的方式，用人们睡着醒来的方式，用四季花开和虫鸣鸟叫的方式，也用一个孩子孤独寂寞的长大，和一村庄人悄无声息地老去的方式。时间把它的愁苦和微笑留在人脸上，也留在路边一根朽木头上，时间的面目被一个乡村少年所看见。整个村庄大地是时间的容颜，一村庄人的生老病死是时间的模样。我写了时间经过一个村庄和一颗孤独心灵的永恒与消耗。也看见人和万物纷纷奔赴的时间岁月中的家乡。

就这样一篇篇的去写，村庄的时间在写作者笔下慢下来，安静下来，又快速地在某个瞬间里过去了百年千年。这本书我写了十年，也把我从青年写到了中年。

这是我在远离家乡的陌生城市，对家乡的一场回望。或许只有离开家乡，才能看见家乡，懂得家乡，最终认领家乡。《一个人的村庄》，是我在异乡对家乡的深情认领。当我在那个陌生城市的街道上，遥想落日余晖中的家乡时，就像想起了一场梦。我知道，那个尘土草木中的家乡，已远在时间外，又近在心灵中。我能触摸到她了。

二

五年前一个冬天的夜晚，我的后父不在了。得知消息后，我连夜驱车往沙湾县赶，那夜正刮着北风，漫天大雪，在昏暗的车灯中，从黑暗落向黑暗。那场雪仿佛是落给一个人的，因为有一个人已经离开了这个世界。

赶到沙湾县时，后父的遗体已被家人安置在殡仪馆，他老人家躺在新买来的红色老房（棺材）里，面容祥和，嘴角略带微笑，像是笑着离开的。

后来听母亲说，半下午的时候，我后父把自己的衣物全收拾起来，打了包。

母亲问他，你收拾衣服做什么？

后父说，马车都来了，在路上等着呢，他要回家。

我母亲说，你活糊涂了，现在啥年代了，哪有马车。

后父说，他听到马车轱辘的声音了。马车在路上来回地走，那些人在喊他，他要回家。

又过了几个小时，后父安静地离开了人世。

我后父年轻时在村里赶过马车，马车轱辘在地上滚动的声音，也许一直留在他的心中。在他生命的最后几个小时，他听到了那辆他曾经赶过、在乡村大道上奔走多年的马车，过来接他了，他被那辆马车接回了家。

后来，我们给后父操办那个还算体面的葬礼时，我想我们所做的一切，都跟他没有了关系。他已经坐着那辆马车回到家乡。那个家乡，是他从小长到老，葬有他母亲和父亲的太平渠村，也是我在《一个人的村庄》中所写的那个村庄。

在县城殡仪馆的喧嚣声中，我想远在县城近百公里之外的太平渠村，葬有我后父家人的墓地上，他早年去世的母亲，一定会听到自己儿子的脚步声从远处走来。一个儿子的魂，在最后那一刻回到了家乡。

后父是太平渠村的老户，几代人的祖坟都在那里。

我八岁时先父不在，十二岁时母亲带着我们到了后父家。记忆中我没有去过后父家的祖坟，只是远远地看见过，有几个坟头伫在村北边的碱蒿芦苇中，想起来都觉得荒凉。后父是家里的独子，每年清明，他一个人去上自家的坟。我们去上先父和奶奶的坟。平常我们像是一家人，到这一天突然成了两家人。

我们在这个村庄生活了十年。这也是我从少年长大到青年，对我的人生影响最深的十年。我工作之后，把家从太平渠村搬迁到离县城较近的村庄，过几年又搬迁到城郊村，后来终于进了城。

后父跟我们在县城生活了三十年，一开始住平房，后来住楼房。我们居住的环境远比以前村庄的要好许多。他跟我们生活的时候，尽管也时常赶马车回太平渠村，去看他那院已经卖给别人的老房子。我后父的马车，直到家搬进县城前才卖掉。他活着时没有抱怨过现在的家，也没说过要离开我们回他的村里去。但是，临死前他说出了要回去的那个家。

后父的话让我顿时心生悲凉。这么多年来我们在县城和他一起生活的那个家，那个有儿有女有妻子的家，就这样不作数了？在他离开人世的时候，这个家可以轻易被他扔掉。他要去回另一个家，那个早已没有了亲人，只留有父母墓地的荒芜家园。

那个家是他一个人的，那条路也只有他自己知道，跟我们都没有关系。

他的死分开了我们。但我又分明感到他的死亡在连接起我们。

前不久我去养老院看望老丈人，他因脑梗不能自理生活而住进养老院。

我陪老丈人在院子散步时，碰见一个老奶奶，她向我打听去一个团场的路怎么走。那个团场的名字我好像听说过，却又不知道在哪里，便只好对她摇头。后来院里的负责人告诉我，这个老奶奶在养老院住了七八年了，她见人就问去那个团场的路怎么走，院里的人都被她问遍了，那是她的家，自从进了养老院就再没回去过，她每天都想着要回去。可是，没人告诉她那个团场怎么走。那个她只记住名字却忘了道路的团场，被养老院的人隐瞒起来了。养老院成了她最后的家。

后来，我再去养老院时，那个老奶奶已经不在了。

我想在她生命的最后时刻，她会回到那个天天念叨的地方，那是她的家乡，被她忘却的道路会在那一刻全部地回想起来，没有谁能阻挡她的灵魂回乡。

三

也是在几年前的冬天，我经历了一个老太太的死亡。

那个老太太住在我们书院后面的路边上，每次经过我都看到她端坐在西墙根晒太阳，我知道下午的太阳把西墙晒热的时候，老太太脊背靠在土墙上会很温暖，那是我奶奶早年经常做的。我从这个老太太身上又看见了我奶奶的晚年光景。那个老太太看上去干干净净的，仿佛她一生在土里操劳，却没有一丝的土气沾染在身。我还想着哪天闲下来，去跟这个老人家聊聊天。可是她突然就不在了。

我记得那是一个中午，我开车经过老太太家门口，路边停了有上百辆车，看车牌，有从乌鲁木齐来的，有从昌吉木垒来的，还有从更远地方来的。这些人或是老太太的远近亲戚，或是她儿女的同事朋友。我想在老太太活着的时候，除了自己的儿女，其他人可能都不会来看她，老太太的生跟他们没有关系，她只是在这个小山沟里不为人知地生活着。但是，她的死却引来这么多的人，让他们从远远近近的地方赶来奔她的丧事。她活着是她个人的事，小事。她的死成了全家族全村庄的大事。

葬礼举行了三天三夜，下葬那天一大早，长长的送葬队伍从家门口排到了山梁上。人们抬着老人的寿房，走在深雪中新踩出来的道路上。那个山梁后面是她家的祖坟，她先走的亲人都在那里。

我在这个老人的葬礼上，想到她一生中曾有过多少跟自己有关的礼仪场面啊，出生礼、成年礼、婚礼、寿礼，一个比一个热闹。最后这个自己撒手由别人来操办的葬礼应该最为隆重，从这个隆重的葬礼望回去，一生中所有的礼仪，似乎都是为最后这场自己看不见的葬礼所做的预演。

这是我们身边一个普普通通人的生老病死。从一个村庄到一座城市，再到一个国家，我们都在这样活，也这样死。

死是天大的事。

这位老太太的死亡让那么多人去奔赴的时候，死亡本身成了一处家乡。那些早年离开这个村庄，从来都不知道回来的人，因为这个老太太的死亡，他们再一次回到家乡。也因为一个人的死，家乡又复活了一次。

这位老太太有幸老死在家乡，安葬在埋有亲人的祖坟。当她最后离开这个世界的时候，她会不会像我后父一样说要回去。如果她说了，那她回去的路是多么地近，无需坐着马车，她的后辈们靠肩扛手抬，便已经将她护送到了那个家。

在这场葬礼中，我看到我们乡村文化体系中，安顿人死亡的最后一环，还在这个小村庄完整保留着。会操办丧事的老人还在，入土为安的祖坟还在。还有那些懂得回家来的人，他们在外面谋生，把老宅子和祖坟留在村里，他们知道有一天自己会回来。

我在这个人头攒动的热闹葬礼上，又一次看到死亡和每个人的深层联系。

四

我是在七年前的冬天，来到木垒英格堡乡菜籽沟村。当时这个村庄给我的感觉，就像到了时间尽头，那些人把所有房子住旧，房子也把人住老，屋梁的木头跟人老朽在一起。年轻人都走了，大院子里剩下两个老人。老人也在走。然后院子就空了，荒芜了。一个曾经烟火相传的百年庭院，从此变成老鼠、蚂蚁、麻雀和茂密荒草的家园。

可我，却是看上这个村庄的老和旧，才决定在这里安家。我这个年龄，喜欢老东西旧事物，也能看懂老与旧。因为老旧事物中，有远去家乡的影子。

我们都注定是要失去家乡的人。当以前的村庄不能再回去，家乡只是破碎地残存于大地上那些像家乡的地方。菜籽沟便是这样一个我能在恍惚间认作家乡的村庄，她保留了太多的我小时候的村庄记忆。但是，那些承载早年记忆的事物，却都老旧到了头。

我自己也在这个老旧村庄面前，突然地老了，走不动了。

我在村里收购了一所六七十年的老学校，做了一个书院，在这里耕读养老。

我在这个有菜地和果园的大院子里，读书写作劳动时，我又看见自己年青时的劳碌，看见我在写《一个人的村庄》时所拥有的，可以看见时间的眼光和心境，又看见大地上完整的黑夜和天亮。我在满村庄的旧事物中，闻到我曾经生活的那个村庄的味道，它让我虽然身处异乡，却有了一种回到家乡的感觉。

记得在书院的第一年秋天，我看到一片长得旺势的灰条草，就像见到了亲人。我小时候灰条是最平常的植物，在门前菜地，田间地头荒野中，到处都是。我们拔灰条喂猪，手上身上都是灰条的绿色草汁。我在这个刚刚落脚的陌生村庄，不认识几个人，不熟悉它的路，却看见一片熟悉的灰条草长在这里。还有遍地的蒲公英和苍耳，还有牵牛花和扯扯秧，这个长着熟悉草木的地方，让我仿佛身处家乡。

我还看见过一只老乌鸦。

经常有一群乌鸦在院子上空"哑哑"地叫着飞过去。有一刻，我听到一只嗓子沙哑的乌鸦叫声，我想这群乌鸦中一定有一只老乌鸦，它的叫声和我一样带着沙哑和苍老。等它们再飞过来时，我看到那只老乌鸦了，它飞在一群年青的乌鸦后面，迟钝地扇着翅膀，歪歪斜斜，仿佛天空已经不能托住它，它要落下来。

我这样看着它时，发现它也在看我，用它那双乌鸦的黑亮眼睛，看着地上一个行将老去的人，抱着膀子、弓着腰，形态跟它一模一样。那一刻，地上的人与天上的鸟，在相望中看到了自然世界中最后要发生的事情，那就是衰老。

老是可以缓缓期待的。那个生命中的老年，是一处需要我们一步步耐心走去的家乡。

我在这个村庄，一岁一岁地感受自己的年龄，也在悉心感受着天地间万物的兴盛与衰老。我在自己逐渐变得昏花的眼睛中，看到身边树叶在老，屋檐的雨滴在老，虫子在老，天上的云朵在老，刮过山谷的风声也显出苍老，这是与万物终老一处的大地上的家乡。

今年五月，我到甘肃平凉采风，当地人知道我的祖籍是甘肃，就说你回到老家了。其实我的老家甘肃酒泉金塔县，离平凉千里之遥，我怎敢把平凉当成家乡呢。但后来，我从平凉人说话的口音中，听出我老家酒泉的乡音，那是我去世的父亲曾经说的方言，是我的母亲和叔叔们在说的方言，听着它我仿佛回到那个语言里的家乡。

我平常说着不太标准的普通话，语音中总能听出家乡话的味道，这是脱不干净的乡音胎记。尤其当我写作时，我的语言会不知觉地回到早年生活的村庄里，回到我母亲和家人的日常话语中。

写作是一场语言的回乡。

我写的每一个句子都在回乡之路上，每一部我喜欢的书，都回到语言的家乡。

五

大概二十年前的冬天，我陪母亲回甘肃老家。这是我母亲逃荒到新疆半个世纪后第一次回老家。我们一路到酒泉，再到金塔县，然后到父亲家所在的山下村，找到叔叔刘四德家。

进屋后，叔叔先带我们到家里的堂屋祭拜祖先。

叔叔家是四合院，进大门一方照壁，照壁后面是正堂，堂屋正中的供桌上，摆着刘氏先祖的灵位，一排一排，几百年前的先祖都在这里。老家的村子乡村文化保存完整，家家的先人都供奉在堂屋里。家里做好吃的，会端过来让祖先享用。有啥喜事灾事，会跟祖宗念叨。家里出了不好的事，主人最怕的是跟祖宗没法交代。这是我们的传统。祖先供在上房，家里人住在两厢。祖先没丢下我们，我们也没丢掉祖先。

我在叔叔的引导下，给祖先灵位上香。

那是我第一次祭拜自己的祖宗，恭恭敬敬上了香，然后磕头，双膝跪地，双手伏地，头碰到地上，听见响声，抬起来时，看见祖宗的名字立在上头，都望着我。头"轰"的一下，像又碰到地上。

敬过祖先，叔叔带我们到刘氏家族祖坟。叔叔说，原来的祖坟被村里开成了田地，祖坟占的都是好地，每家一片，新出生的人都没有地种，便从先人那里要地。我们刘氏祖宗便迁到叔叔家的田地里。

叔叔指着最头上的坟说，这是刘家太爷辈以上的祖先，都归到一个坟里。

我跪下磕头、烧香、祭酒。

叔叔又指着后面的坟说，这是你二爷的墓，二爷膝下无子，从亲戚家过继一个儿子来，顶了脚后跟。我这才知道顶脚后跟是怎么回事。如果一个家族的男人没有儿子，便从亲戚家过继一个儿子来，等这个儿子百年后，要头顶着养父的脚后跟

133

葬在后面，这叫后继有人。

我叔叔又指着旁边的坟说，这是你爷爷的，后面是你父亲的，你爷爷就你父亲一个独子，逃荒新疆把命丢在那里，但坟还是给他起了。

我看着紧挨爷爷墓的这一堆空坟，想到我们年年清明，去烧纸祭奠的那个新疆沙湾县柳毛湾乡皇渠六队河湾里的坟，也许只是埋着父亲的一具躯体，他的魂早已回归到这里。

然后，叔叔指着我父亲坟堆后面的空地说，这块地就是留给你们的。

听到这句话，我的头发瞬间竖了起来。我原本认为，我的家乡是北疆沙漠边的那个村庄，我在那里出生长大，甘肃金塔县的那个村庄，只是我父亲的家乡，跟我没有多少关系。可是，当叔叔说出给我留的那块墓地时，我知道我和我父亲，都没有逃出甘肃的这个家乡。他为了活命逃饥荒到新疆，把我生在那里，他也把命丢在了那里。可是，家乡用祖坟族谱祖宗灵位又把他招了回来，包括他的儿子，都早已被圈定在老家的祖坟里。

老家用这种方式惦记着她的每一个儿子，谁都没有跑掉。

那天我们坐在叔叔家棉花地中间的一小块家坟中，与先人同享着婶子带来的油饼和水果。坟地挨着村庄，坟头与屋檐炊烟相望。我想能够安葬在这里，即使是死也仿佛是生，那样的死就像一场回家。在自己家的棉花玉米地下面安身，作物生长的声音、村里的鸡鸣狗吠声、人的走路声，时刻传到地下。离别的人世并未走远。先人们会时刻听到地上的声音，听到一代人来了，一代一代的人回到了家，那个家就在伸展着作物根须的温暖厚土中，千秋万代的祖先都在那里，辈分清晰，秩序井然。

后来，我在叔叔家看到我们刘家的家谱。先祖在四百年前，从山西某一棵大槐树下出发，走过漫长的河西走廊，一路朝西北，来到了甘肃酒泉金塔县山下村。家谱用小楷毛笔字写在一张大白布上。叔叔说这是我父亲写的，他是刘家唯一会文墨的人，全家族人供他上学，一度把他看作刘家未来的希望，他却跑到新疆不在了。

以前我只看过装订成书的家谱，那是一页一页同姓人的名字。当我看到写在大白布上的刘姓家谱时，我突然看懂了。在那块白布最上面，是我们家族来到酒泉的第一个先祖的名字，这位先祖名字下面，生命开始分叉，一层一层，就像一棵大树的根系，扩散再扩散，等到快到这块白布的底部的时候，这些姓刘的人名字，已经密密麻麻爬满整块白布。

我知道，所有写在这张家谱里的人，都已经在地下了，他们组成刘氏家族繁复庞大的根系。而这个庞大根系的上面，是活在世上、人数众多、住满了一个又一个村庄的刘姓后人。他们组成一棵家族大树的粗壮树干和茂盛枝杈。每过一段时间，这棵大树上会有枝叶枯萎，落叶归根，成为家族根系的一部分。

我想，多年之后，当我的名字出现在家谱上时，我已安稳地回到地下，回到刘姓家族庞大的根系中，过着比生更漫长恒久的土里的日子。那时我眼睛闭住，耳朵朝上，像我无数的先祖一样，去听地上的声音，听那些姓刘的后人，在头顶走来走去。我在他们脚下踏实的厚土中，又在他们跪拜供奉的高堂上。我默不作声，听他们哭诉，听他们欢笑也听他们流泪，听他们高歌也听他们嚎哭，听他们悲伤也听他们快乐。

这是我们的乡村文化所构建的温暖家园。在这个家园中，每个人都知道要回去的那块厚土，要归入的那方祖灵，要位列的那册宗谱，是此生最后的故乡，在那里，千百年的祖先已经成为土，成为空气，成为苍天大地。

六

每个人的家乡都是个人的厚土。在我之前，无数的先人埋在家乡。在时序替换的死死生生中，我的时间到了，我醒来，接着祖先断了的那一口气往下去喘。这一口气里，有祖先的体温，祖先的魂魄，有祖先代代传续到今天的精神。

每个人的出生都不仅仅是一个单个生命的出生。我出生的一瞬间，所有死去的先人活过来，所有的死都往下延伸了生。我是这个世代传袭的生命链条的衔接者，因为有我，祖先的生命在这里又往下传了一世，我再往下传，便是代代相传。

这是我们中国人的家乡，在土上有一生，在土下有千万世。厚土之下，先逝的人们，一代头顶着上一代的脚后跟，后继有人地过着永恒的生活。

在那样的家乡土地上，人生是如此厚实，连天接地，连古接今。生命从来不是我个人短暂的七八十年或者百年，而是我祖先的千年、我的百年和后世的千年。

家乡让我们把生死连为一体。因为有家乡，死亡变成了回家。因为有家乡，我可以坦然经过此世，去接受跟祖先归为一处的永世。

每个人的家乡都在累累尘埃中，需要我们去找寻、认领。我四处奔波时，家乡也在流浪。年轻时，或许父母就是家乡。当他们归入祖先的厚土，我便成了自己和子孙的家乡。每个人都会接受家乡给他的所有，最终活成他自己的家乡。

每个人都是他自己的家乡。

而在更为广阔的意义上，一粒尘土中有我们的家乡，一片树叶的沙沙响声中有我们的家乡，一只鸟飞翔的翅膀上、一朵飘过的白云之上有我们的家乡，一场一场的风声中有我们的家乡，一代又一代人来了去、去了又来的悠长时间中，我们早已构建起大地上共有的家乡。

多少年前，我用散文塑造了一个人的村庄家园。当我在陌生城市的黄昏，看见那个扔在远处的村庄并开始书写她时，那个草木和尘土中的家乡，那个白天黑夜中的家乡，被我从大地尘埃中拎起来，挂在了云朵上。

那是我用文字供奉在云端的家乡。

2019年10月11日在湖南毛泽东文学院讲座录音整理，

2020年11月修改完成

牧游

牧道

在新疆塔城塔尔巴哈台山和托里玛依勒山之间，隐藏着一条长达三百多公里的牛羊转场道路。每年春秋季节，数百万牲畜浩浩荡荡走在这条古老牧道上。一群一群的牛羊头尾相接，绵延几百公里。这条时而与公路并行的牧道，多少年来默默承载着牛羊转场，它没有名字，只是一条羊走的路，跟地上的蚂蚁老鼠路一样，谁会操心它通向哪里？二〇〇九年的一天，一个叫方如果的作家，突然发现了它。这之前方如果曾多少次走过这条路，路旁牛羊转场的场面也早已熟视无睹。可是那一天，就在奔驰的汽车里，他一扭头，看见公路旁缓缓移动的羊群，和羊脚下密密麻麻的路，他让车停住，下路基走到羊群后面，发现深嵌土中的一条条小羊道组成的宽阔大牧道，蜿蜒穿过山谷草地。他被自己的发现激动不已，一会儿跑上公路，往下看羊的路，一会儿又站在羊的路上反复看人的路。随后的几个月里，他沿这条牧道走到远远近近的山谷和草原。一条世间罕见的有着数千年固定转场历史的游牧大道在他头脑里逐渐完整。他为这条牧道起名：塔玛牧道。

风道

手绘地图上的塔玛牧道，像一棵枝权丰茂的大树和它的根部，树干部分是老风口牧道，那些分叉到塔尔巴哈台山和托里玛依勒山各沟谷的牧道，在老风口汇聚成一条主干。老风口是进出玛依勒山区冬窝子的唯一通道，也是塔城盆地和准噶尔盆地气候交流的孔道。在这条不算宽阔的山谷地带，风要过去，四季转场的牛羊要过去，东来西往的人要过去。风过的时候人和羊就得避开。风是这条路上的最早过客，后来是羊和其他动物，再后来是人。

自从有了人，老风口变得不一样了。因为人想把风挡住，自己先行。

史书记载清代官方曾用一百张牛皮缝起来，竖在老风口，说是要把风的嘴缝住。还建风神庙祭祀。古人有古怪办法治风。事实证明毫无作用。

上世纪九十年代，塔城地区投巨资在老风口植十万亩防风林，树木成林后老风口冬季的风明显小了，但风口北边额敏县城的风据说大了。风要过去，谁也挡不住，缝牛皮也好，植树造林也好，都不能阻止风过去。人造的十万亩防风林，确实比一百张牛皮管用，但它仍然无法把风的嘴缝住。风被树林挡了一下，往北侧了侧身，从村庄田野和额敏县城刮过去。

远近牧场的羊，在老风口的主牧道汇集。在到达老风口前的一个月里，羊群就排好了队，一群挨一群过去。刮风时停下等风。遇山洪停下避水。羊道比公路拥挤。人的路坏了修修了坏，羊道从来不坏。羊的四只蹄子不会走坏自己的路，只会越走越深，越走越远。人修路挖坏或侵占了羊道，羊就走公路。一些狭窄山谷只容一条路通过，有人的就没羊的。羊只好与人争路。羊群一拥上公路，世界就慢下来，跑再快的车也得慢悠悠跟在羊群后面。一群羊让人瞬间回到千年前的缓慢悠长里。

老风口呜呜吼叫的风声，在顺风几百里的地方都能听见。

那时羊群都躲在洼地避风，耐心等风停。羊不着急，牧羊人也不急。被堵在风口两边的人着急，他们都有急事，赶着外出或回去。风把人的大事耽搁了。有些事耽搁不起，就有人冒险闯风口，结果丧命。他不知道风的事更大更急。羊和牧羊人早都知道，此刻天底下最大最急的事情就是刮风。风不过去，谁都别想过去。羊在哪候着都有一口草，一个白天和晚上。堵在风口两边的人，也在烦人的风声里学会安静下来，等待一场一场的风刮停。

鸟道

从塔城到托里，并行的牧道和公路上面，还有一条黑色鸟道。

成群的乌鸦和众多鸟类，靠公路养活。乌鸦是叫声难听的巡路者，一群群的黑乌鸦在路上起起落落。乌鸦群飞在公路上空是一条黑压压的路。落下来跟柏油路一个颜色，难分辨。塔城盆地是北疆大粮仓，往外运粮的车队四季不绝。乌鸦就靠运粮车队生活。鸦群在行驶的汽车上头叫，开车人受不了乌鸦"哑哑"的叫声，想快快走开。乌鸦乘机落在粮车上，啄烂车厢边的麻袋，麦子、包谷、黄豆、葵花子在汽车的颠簸中撒落一路。鸦群沿路抢食。麻雀和黄雀也跟着乌鸦享福。老鼠也安家在路旁，忙着搬运撒落马路的粮食。

早年，运粮汽车上坐一个赶鸟的人，乌鸦飞来了就"哑哑"地叫。挥动白衣服赶。乌鸦怕白。这个不知谁传下来的可笑说法，竟被当真用了。乌鸦若怕白就不敢飞到白天了。后来运粮车上蒙了厚帆布，乌鸦啄不烂，就到别处谋生活去了。有的飞到城市，跟捡垃圾收废品那些人搭伙。乌鸦有脑子，飞到哪都能过上好日子。

在南北疆，见到最多的就是乌鸦。乌鸦把靠路生活的办法传给更多的鸟。它们离不开路了。连野鸽子和鹞鹰，都是公路上的常客。老鼠更是打定主意世世代代在公路边安家。路上那么多车过往，总会有可吃的东西撒落下来。尽管每天有老鼠被车轮碾死，有鸟被车撞死。

还有靠公路谋生的人，背一个口袋走在路边，见啥捡啥，矿泉水瓶、酒瓶、易拉罐，秋天散落路边的棉花，风刮落的大包小包，运气好时还有飘出车窗的钱票子。和乌鸦一样聪明的人，在蚂蚁老鼠和鸟迁到路旁之后，跟着就赶来了，远远近近的公路都被人占领，路被一段段瓜分，三十或五十公里就有一个巡路的，里程清楚，互不相犯。在五十公里的马路边拾的东西，养活五口之家没一点问题。

鸟在人的道路开通前，早已学会靠羊道生活，鸟在高空眼睛盯着牧道，羊群来了就落下来，站在羊背上找食物。粘在羊毛上的草籽，藏在羊毛里的虫子，都是好吃食。每群羊头顶上，都有一群鸟。鸟是牛羊的医生和清洁工。牛背上的疮，全靠鸟时刻清理蛆虫，直到痊愈。羊脊背痒的时候，就扭身子，往天上望。鸟知道羊身上有虫子了，飞来落在羊背上，在厚厚的绒毛里啄食。

鸟很依赖羊。有的鸟老了，飞不动，站在羊背上，搭便车。从春牧场到夏牧场，再回来，就差没在羊毛里做窝下蛋。

转场

同一张皮里，羊瘦十次胖十次。到春天又瘦了。

春天是羊难过的季节。转场开始了。牧民收起过冬的毡房。羊群自己调转头，跟着消融的冰雪往上走。雪从羊度过漫长冬季的"冬窝子"，一寸寸往远处山坡上消融。那是一条羊眼睛看见的融雪线。深陷绒毛的羊眼睛里，一个雪白世界在走远。羊的一天是从洼地到山坡那么长，一年则是一棵草长到头那么短。看不见下一个春天的羊，会在一个春天里遇见所有春天。这个人羊疲乏的季节，羊耳朵里装满雪线塌落、冬天从漫山遍野撤退的声音。

雪消到哪儿，羊的嘴跟到哪儿。大雪埋藏了一冬的干草，是留给羊在泥泞春天的路上吃的。羊啃几口草，喝一口汪在牛蹄窝里的雪水。牛蹄窝是羊喝水的碗，把最早消融的雪水接住，把最后消融的雪水留住。当羊群走远，汪过水的牛蹄窝长出一窝一窝的嫩草，等待秋天转场的牛羊回来。羊蹄窝也汪水，那是更小动物的水碗。

转场对牧人来说是快乐的事，毡包拆了搭，搭了拆，经过一片又一片别人的草地，赶着自己的羊，吃着别人的草，哼着悠长的歌。一切都是天给的。羊动动嘴，人动动腿，就啥都有了。

洼地的冬窝子寂寞了。芦苇、芨芨草、碱蒿、骆驼刺，不受打扰地长个子，长叶子结草籽，这些在冬天不会被雪埋住的高个子草，是留给羊回来过冬的。一般年份，盆地的雪不会深过羊腿，牧人在白茫茫的雪地上放牧。羊嘴笨，不会伸进雪中拱草吃。羊有自己的办法，前面的羊会为后面的羊蹚开雪，牛和马也是羊过冬的好伴儿，牛马走过的雪地上，深雪被蹚开，雪下的枯草露出来。当然，最好的帮手是风，一场一场的大风刮开积雪，把地上的干草递给羊嘴。

　　遇到不好的年成，大雪托住羊肚子，羊在雪地上寸步难行。所有的草被埋没，牛和马都找不到草吃，牧民也束手无策，这就是雪灾了，只有等政府的人来救助。一旦困在大风雪中，牧人唯一能做的事就是等待张望，牛羊跟着人张望等待。有时候，果真望见有推雪机开路过来，后面装着干草的汽车开到羊圈旁，一捆一捆的干草扔下来。面和清油卸下来。羊和人都得救了。

节绕

　　夏牧场的青草是给活到夏天的羊吃的。总有一群一群的羊走到夏天。夏牧场，在哈萨克语里叫"节绕"，有节日和喜庆连连的意思。一年四季的转场，就为转到花开草青的夏牧场。转到夏牧场，就是胜利。

新疆的春天从四月开始，七月到九月才是夏天。从春牧场开始，羊踏着泥泞走，追着草芽走，草长半寸，羊走十里，前面羊啃秃的草，又被后面的羊啃秃。一棵草被啃秃十次长出十次，就没有希望长老了，别处的草开花结果了，它还在努力地长叶子，一直长到草头伸到风中，看见最后的羊群走远，牧人驼在马背的毡包转过一个山弯，再看不见。

走到夏牧场的羊，是幸福的，所有的青草被羊追赶上。皮包骨头的羊，在绿油油的草场上迅速吃胖。羊发愁吃胖。这个牧羊人知道。一场一场的婚礼割礼排成队，赛马、姑娘追、阿肯弹唱排成队。羊在一旁啃着草侧耳听人热闹。羊和人早就商量好了，牧人给羊干活：搭羊圈、帮羊配种、接生、剪羊毛、起羊粪、喂草、看病。人给羊干的最后一个活是把羊宰了吃了，这也是羊唯一给人做的。羊知道被人养的这个结果。知道了就不去想，吃着草等着，等剪掉的毛长起来，等啃短的草长长，等毡房旁熄灭的炊烟又升起来，等到一个早晨牧人走进羊群，左看右看，盯上自己，伸手摸摸头，抓抓背上的膘，照胖嘟嘟的尾巴拍一巴掌。时候终于到了。回头看看别的羊，耳朵里满是别的羊在叫。自己不叫，只是回头看。

托里萨子湖，那片被称为贵族草原的美丽夏牧场，是远近牛羊迁徙的目的地，尽管很多牛羊在这里被宰掉，但还是争相前往。在羊的记忆里，那片有湖泊湿地的山谷牧场，是天堂。每只羊都知道去萨子草原的路。知道去塔尔巴哈台和玛依勒牧场的路。塔城四个县的羊群汇聚在萨子湖。牧人说，羊夏天不吃一口萨子湖的草，会头疼一年。所有的羊都往萨子湖赶。羊一心要去的地方，谁能挡住。羊有腿还有道呢。牧人只是跟在羊群后面，走到水草丰美的夏牧场。当天气转凉，在草木结籽牛羊发情的九月，膘肥体壮的羊交了欢怀了羔，转身走向回家之路。牧人依旧跟在羊群后面。夏牧场是羊夏天的家。冬窝子是冬天的窝。回到低洼的避风处，去年冬天吃秃的草，今年又长高了，草远远望见羊群回来，草被羊吃掉，就像羊被人吃掉一样自然。

牧游

塔玛牧道的发现和命名，只是一个开始。这个叫方如果的作家，一心想把这条牧道推出去，让世人知道它的价值，他写了长达十万字的纪实散文《发现塔玛牧道》，还针对塔玛牧道发明了一种新的旅游方式：牧游。是将游牧倒过来读，从"牧"的尽头往回"游"，这是一种全新的旅游理念。它的模式是由政府或公司负责培训管理牧户，让牧民在保持其原生态文化生活的基础上，具备一定的旅游接待能力。旅行社直接将游客导入牧民毡房，让游客在欣赏草原美景的同时，随牧民转场放牧，跟着羊群去旅游，羊走到哪，人跟到哪。过一把草原游牧生活的瘾。

牧游的路线就是牧道。在天山和阿尔泰山中，隐藏着一条条千年不变的古老牧道，有的长几十公里，有的几百上千公里，每条牧道都堪称隐秘绝美的旅游景观带，从冬牧场的山前平原丘陵，通往大山深处水草丰美的夏牧场。牧游是引导人们离开平坦大路，去走羊的崎岖小道。走羊的通天牧道。看羊眼睛里的草青花红，日出日落，听羊耳朵旁的风声水声，虫鸣鸟鸣。过前世里约定的草原游牧生活。

这种让游客直接进入牧民生活的体验旅游，也是让牧民直接受益的民生旅游。它的更大意义是，牧游的创生，将打破新疆现有的被景区控制的旅游格局，让有牧民转场的山谷，有牛羊放牧的草场都变成景区。靠一条条风光无限的转场牧道，和牧道上原生态的游牧生活，将整个天山、阿尔泰山、伊犁河谷、塔城盆地，全变成游客自由出入的旅游景区。

在距塔玛牧道二百多公里的和布克赛尔谷地，牧游试点在那里开始。随着草场退化和严重萎缩，以及牧民安居工程的落实，四季转场的游牧生活业已走到尽头。人类的游牧时代就要结束了。牧游，在这时被创始出来。它是对西域古老游牧文明的一场回望和挽留。

在这个世界上，人在走路，羊也在走路。羊的路走向哪里。你不想去看看吗？

2012 年

一九九九：一张驴皮

气味

火车驶离乌鲁木齐时天色已暗，我坐在一车厢说着维吾尔语、蒙古语和河南话、甘肃话、四川话的嘈杂乘客中间，不同语言散发的气味混合一起，闭住眼睛我能闻出哪个气味是哪种语言发出的。后排那群四川人大声说着去年在南疆摘棉花遇到的各种事情时，空气中满是他们嘴里的大肉炒辣子味儿。他们或许就在火车站旁的川味餐馆里吃的晚饭。上车前我在那家川菜馆挨着的清真饭馆吃拌面时，辣子炒肉的味道和嘈杂的四川话从隔壁传过来。坐我对面的三个维吾尔族男人一定闻出我身上和他们一样的羊肉拌面味道，我眯着眼睛，用一丝眼缝看车厢里的人。

前排的四个蒙古族男人，把拎来的两瓶子白酒和一包花生米堆放在餐桌。我在这列火车上碰到过喝酒的蒙古族人，他们喝高度白酒，低沉地说着蒙古语。若是在草原上，他们悠扬辽阔的歌声早已经唱起来了。火车上的环境让他们有点压抑。他们一直喝到半夜，把一车厢的其他语言都喝睡着，火车到达库尔勒，他们摇晃着下车。

对面的三个维吾尔族男子要了六瓶啤酒，用牙咬开，倒在纸杯里，一人一杯转着喝。其中一个把啤酒杯朝我举了举，对我说了句维吾尔语，我对他笑笑，摇摇头，没吭声。他把我当自己的同族了。我跟他一样留着小胡子，前额的头发压住眉毛，因为清瘦而眼窝深陷。这是二十年前的我，眼神忧郁，看上去既像维吾尔族，又像哈萨克族和蒙古族。

斜对面坐着两个甘肃人，也是去南疆摘棉花的，棉花在他们说的甘肃话里，厚厚绵绵的，像是落了一层土，这是我老家的语言。他们中的一个斜眼看着我，他肯定一眼认出我是吃洋芋长大的甘肃人。我出生的前一年，父亲携家带口从甘肃金塔逃饥荒到新疆，在北疆沙漠边一个小村庄落脚，我在那里出生长大。我的长相中有我父亲的甘肃人相貌，又有我在西北风中长成的新疆人模样。可是，刚才对面的男人跟我说维吾尔语时，我微笑摇头的样子，可能让那个甘肃人认为自己看错了。

我不说话，他们就不知道我是谁。

做梦

火车过天山时我睡着了，我从北疆一路昏睡到南疆。醒来火车已过库车站，对面三个男人不见了，换成两个戴头巾的年轻妇女。我赶紧摸衣服口袋，看行李架上的包。这个下意识的动作让我自己不好意思起来。邻座的人都换了，没一个眼熟的，那两个甘肃人也不见了，好像这一觉把我睡到了另一个世界。

"你做梦了。"戴黑头巾的女子用半生不熟的汉语说。

我突然想起在梦里见过这个黑头巾女子，在我没有完全闭住的半只眼睛里，一个黑头巾女子坐在对面，用她黑黑的大眼睛看我。之前我一直眯着眼睛，半醒半睡地听三个男人用维吾尔语说话，其实只有两个人在说，正对我的那个好像不爱说话，但他一直盯着我看。这个跟我一样上嘴唇蓄着胡子的男人，可能在我沉睡后说出的梦话中，惊讶地听出来我是一个汉人。

"你说了大半夜梦话，吵得我们都没睡觉。"女子说。

"你还驴一样大叫。把睡着的人都叫醒了。"

车窗外一轮大月亮挂在半空，火车在穿越南疆大地。夜色里一晃而过的低矮村庄，灰色的，零星地亮着几扇窗户，像谁遗忘在深夜的家。早年我常梦见自己被人追赶，在灰暗的村巷里惊慌逃跑，整个村子没有一扇亮着的窗户，所有院门紧锁，我恐惧地跑出村子，荒野上没有月亮和星星，追我的人越来越近，仓皇中我发现自己突然长出蹄子，变成一头驴放趟子跑起来。又好像我脱身站在后面，看见一头驴替我逃跑，追我的人在拼命追驴，眼看要追上了，我一着急发出一长串驴鸣。

"昂叽昂叽昂叽。"

母亲一听见我在梦里发出驴叫就赶紧喊醒我。

我们家没养过驴。但邻居家有。村里家家养驴。我从小喜欢学驴叫。我能跟驴说话。我躲在草垛土墙后面学公驴叫，能把母驴唤过来。我学母驴叫能引来一群公驴。我母亲怕我跟驴走得太近才不养驴。她最担心我长大后变成一个驴里驴气的人。

我不好意思地向黑头巾女子笑笑，她的微笑从头巾后面浮出来，我看不清她的面容，那一定是一张美丽的隔在梦中的脸。

捎话

火车站广场上乱糟糟的，出租车和抢客的黑车混在一起。稍远的马路边停着一长溜毛驴车。那时毛驴在喀什城郊还有各种各样的活路，通往乡下和偏僻街巷的路还是驴和驴车的。我本来想找一辆汉族司机的车，转一圈没找到。前年我到喀什还打到一辆汉族司机开的出租车，他用一口流利的维吾尔语问我去哪。

拉我的维吾尔族司机也把我当成了本族人，他用维吾尔语问我去哪。

"艾提尕尔清真寺。"我用汉语回答。他扭头看了我一眼。

三天前，喀什文管所的老孙捎话来，说艾提尕尔清真寺边的买买提捎话给他，让他给我说，有好东西了，赶紧来。买买提是老孙介绍我认识的。他在清真寺旁开了家古董店，专收农民送来的老东西，又转手卖出。老孙是我在喀什购买文物的向导，他跟喀什的文物摊贩都有联系，他带我去一个店，就鼓动我买他认为有价值的东西。

"这些东西错过就再没有了。"老孙说。

那时喀什老城的老东西多得没人要，在巴扎上，随处能看见摆卖的老古董。一次我在卖瓜果蔬菜的巴扎上，见一疙瘩锈在一起的铜钱跟土豆摆在一起，问了土豆的价钱，又问铜钱多少钱卖。农民说，挖土豆时一起刨出来的，要的话，跟土豆一个价。

长路

那些年我经常来喀什，早先坐班车，挤在一车厢说维吾尔语的人中间，遇到刮风昏天暗地，仿佛永远没有白天，我和他们一起睡着醒来。我醒来时眯着眼睛听他们大声说笑，我听不懂那些笑话的内容，但知道一定很可笑，也跟着一起笑。

有时一车人都在沉默，窗外漫长单调的沙漠在沉默，天山荒秃秃地立在右边，天上灰蒙蒙落着土，这样的时间仿佛再生长不出一句笑话，车厢里也是呛人的浮土，土往人睫毛上落，把眼睛压得闭住。

突然，后排有人扯开嗓子唱起来，声音沙哑高亢，瞬间胀满车厢，又在车窗外面的荒野中回响。我听不懂歌词，但能听懂声音，那是忧伤的沙漠里的歌，歌者的嗓音里弥漫着尘世的沙子。

睡着的人眨眨眼睛，在醒与睡间徘徊的当儿，歌声戛然停住。他只唱出孤单的两句，像是忘了词儿，我等他想起来再唱下去，等了不知多久，也许客车已经行驶了几十公里，扭头见那唱歌的老者已然昏昏睡去。

半车厢人睡着了，路还远呢，村庄过去是漫漫沙漠。客车不时地停在一处沙丘旁或红柳丛边，男女左右分开，在荒野中方便。那时从乌鲁木齐到喀什，客车要走两天一夜，两个司机轮流开。乘客也轮流睡觉，总有人和其他人睡不到一起，别人睡着时他眼睁睁望着窗外，大家都醒来时他睡了。也有人白天把觉睡光了，晚上大睁眼睛，看别人睡觉。

我强忍瞌睡，等到满车厢的鼾声响起，维吾尔语的梦话前一句后一句地说起来，语言携带的气味浓郁起来，这时候，我迷迷糊糊睡着。

我一睡着就暴露了自己。一车人中就我一个用汉语说梦话。我平时说话轻言慢语，但梦中说话声音大。我知道当我突然说出汉语的梦话时，醒着的人会扭头看我。

喀什

我喜欢乘车离开乌鲁木齐往喀什走的感觉，仿佛走向一个深不见底的过去。

那时的喀什在我的感觉里，确实是一个大半截身子没有走到现在的城市，它满街的汽车轱辘和人腿加起来，也没有毛驴的腿多。喀什被毛驴驮着运转，街上都是驴和驴车。我一直认为毛驴是往回走的动物，它们对去一个新地方没有兴趣，这个赶驴人都知道。他们经常遇到的事情就是，赶驴车去沙漠戈壁打柴，人在车上打个盹，驴就调转头往回走了。我感觉当地人对未来的态度也差不多，尤其男人们，喜欢背着手走路，你看他们脸朝前走，两只手却背在身后，操劳着过去的事情。

我的两只手也在倒腾过去的事情。我喜欢文物，他们叫老东西。一次我到喀什英吉沙一个文物贩子家，我说，家里有老东西吗。那男人看我一眼，转身带我到屋后的葡萄架下，指着坐在荫凉处打盹的白胡子老头说，这是我们家的老东西。

那男人跟我开过玩笑，手伸到一堆干草下面，掏出几个坛坛罐罐来。

喀什确是一个属于过去的地方，它的街道、巴扎、做手工的匠人和拉车的毛驴，都在离我很远的时间里。但我知道回到过去的路，在世间所有道路中，我最熟悉的一条就是回去的路。人们一路留下的老东西上有时间的印记。

我一直盯着喀什的那个时间在看，它像沉在水底的一枚银币，我等待它浮上来。我看跟它有关的所有文字，看出土的那个时期的文物，我不知道想看见什么。那是喀什以及西域历史上最让人揪心的年代，人们在改变信仰，并为此流血牺牲。那场持续几十年的战争，最终置换了一个地方人的心灵。

五块

出租车在艾提尕尔广场停住，问多少钱，司机伸出一个巴掌，我会意地笑笑，递去五块钱。上一次我从汽车站坐驴车过来，赶驴的老者也伸出一个巴掌，他望着竖立在广场上"毛主席挥手指方向"的高大塑像说，"五块，毛主席说的。"

这座毛主席像是七十年代塑的，当时每个县市的中心都塑有一尊"毛主席挥手指方向"的高大塑像，后来大多拆了，只有喀什的保留下来，成为这座老城最显著的地标。

我在玉器店也见过雕刻的毛主席头像，怎么看都有点像当地人的长相。我想，这肯定是当地玉雕师傅的手艺。有一点当地人味道的毛主席像，或许更加让人感觉到亲切。

那些年，毛主席伸向空中的一只手，给喀什所有东西定了价。拌面、抓饭、帽子、套鞋、皮带、一公斤葡萄干等等，都

是五块钱。"五块，毛主席说的。"成了全喀什的流行语，那些
东西的价格也多少年不变。

驴皮

老孙已经等在文物店里，店主买买提从塞满了旧铜器的柜
台下抽出一卷压扁的皮子，皮子毛面朝里卷起来又从两头对折
过来，像一个包裹，一看就有些年头儿了。

买买提打开对折过来的皮子，嘴里不停地说着维吾尔语。
老孙翻译说，买买提说他刚收来的时候，皮子又干又脆，不敢
动，喷了水，阴了几天才柔软了。

接着将皮子慢慢摊开，皮面是光的，剔了毛，但边角处还
留有一些黑毛。

"是张驴皮。"我说。

我原以为皮子里裹着什么贵重东西。直到一张完整的驴皮
摊开在柜台上，没看见任何东西。

"这里。"买买提指着已经发黑的皮面让我看。我凑过去，
果然看见皮子上模糊的文字。

"是回鹘文字。"老孙说。

我忍住怦怦的心跳，却装出漫不经心的样子，在皮面上扫
了几眼，密密麻麻的回鹘文写满一张驴皮。

老孙和买买提都知道我喜欢喀拉汗时期的老东西，尤其对

回鹘文书之类的东西见了就买。

我努力把心放平静，抬头问老孙，"啥内容？"

"应该是佛经。"老孙说。老孙和我一样，只能认出回鹘文字的形，并不懂啥意思。

"不会是《古兰经》？"我说。

"绝对不会。"老孙说，"《古兰经》不会写在驴皮上。"

去年我看上一本羊皮书《古兰经》，也是回鹘文的，买买提伸出一个巴掌，要卖五千块，一毛钱不降。事后老孙告诉我，买买提从心里不愿意把《古兰经》卖给一个不信教的人。

那他肯定也不愿把写在驴皮上的佛经留在手里。我心里想。

"怎么样？"老孙问我。

"谈谈价再说吧。"我心不在焉地看旁边柜台上的东西，脑子里浮现的却是写满整张驴皮的回鹘文佛经。

买买提只会说简单的一些汉语，老孙的维吾尔语说得很溜。我故意离开点，听他们俩用维吾尔语讨价，我假装听不懂，其实我确实听不大懂，只听他们说一些钱的数字。

买买提说三千。

老孙说太贵。

买买提说三千卖了你五百的排档子（好处）有。

我摸摸口袋，只有一千块钱。

我正盘算着，老孙叫我，说买买提要五千块，我降到了三千块，你看怎么样。这个东西确实罕见。

我说现在出土的回鹘语佛经多，不稀罕。我让老孙给买买提翻译，说写在驴皮上的佛经不好，死驴皮是最不干净的东西，留在店里也不好。

没等老孙翻译，买买提说，"你给个价，多少钱买。"买买提听懂我说的汉话了。

我把口袋里的一千块钱全掏出来摊在手里。

"我就带了一千块钱。"我把四个口袋全底朝上翻出来让他看。

"我得留下三百块，住宿和买回去的火车票。剩下的七百块钱全给你，卖我就拿走，不卖就算了。"

买买提把摊开的驴皮又卷起来。"一个毛驴子还七百块呢。"买买提嘟囔着。

老孙忙用维吾尔语跟买买提讨价。老孙说，你看，刘老师是我的老朋友，也是你的老买家，这些年买过你不少东西了，这个死驴皮嘛就便宜给他吧，下次他钱带多的时候，再贵一点卖给他东西。

买买提说，看在你的面子，我最低一千块钱给。你的排档子嘛就没有了。

老孙说，这个样子吧，我让他再加一百块，八百块钱成交行了。排档子的事以后再说。

买买提无奈地点了点头，用半生不熟的汉语给我说，看在老孙的面子，八百块，一毛都不少。

老孙也说，你看这样吧，这个东西我也是第一次见，错过

159

让别人买走就可惜了。你给他八百块吧，今晚你就住我们单位宿舍，住宿钱给你省下。你看咋样。

我赶紧说谢谢谢谢，从手里的钱中抽出二百块，其余的全递给买买提。

巷子

老孙说单位有事先走了，我没让他陪我，我要去的地方他不知道。其实我也不知道要去哪。我背一卷干驴皮，往艾提尕尔广场后面的巷子里走，走一截抬头看看清真寺上的弯月，有一段看不见了，我就往更远的巷子走，直到又仰头看见那枚弯月。这时我脑子里浮现的却是一千年前的一座佛寺，我没想过要来找到它，就像从来不想认识我收集的文书上那些回鹘文、于阗文和龟兹文字。我只是长久地琢磨和喜欢着它们不被我认识的样子。

巷子里满是往来的驴和驴车，我背一卷干枯驴皮走在其中，感觉驴都在斜眼看我。我能想到驴看见一个背着驴皮的人是什么感觉。

不时有驴鸣响起。我仔细辨认驴的叫声和音节，跟我小时候在北疆村庄听见的驴叫一模一样。驴不会跟着人的口音而改变叫声，狗却会。在我们北疆村庄，河南庄子的狗会叫出拖长音的河南腔叫声来。甘肃人村庄的狗叫声则仓促厚实，能听出甘肃话的味道。我住的村子河南人和甘肃人对半，听叫声我能知道哪条狗是甘肃人家的，哪条是河南人家的。一次在乌鲁木齐跟朋友喝酒，他们都在说段子逗笑，我把这个早年的发现说给大家，还学了河南腔和甘肃腔的狗叫，他们都以为我在讲笑话。

我对声音特别敏感，早年我学鸟叫，能把树上的鸟儿叫到地上来。我学乌鸦的叫声尤其像，村里常有乌鸦集结，有老人的人家都害怕乌鸦在自己家的树上叫，说不吉利。我却喜欢乌鸦，我学它"哑哑"的叫喊时，感觉自己是一个心在天上的高傲诗人。

我学的最像的是驴叫，如果我在这个墙角学公驴叫，一定能把那头拉车的年轻母驴叫过来。但我忍住没叫。

回来时我坐了辆带凉棚的毛驴车，赶车的老人对我笑笑，我递了两块钱，在巷子里看不见毛主席像，也不用给一巴掌钱。那头驴走几步，扭头看我，也许在看我抱在怀里的干驴皮。

翻译

晚上在老孙单位宿舍，我小心摊开驴皮，用放大镜逐字逐句地看，我熟悉那些回鹘文字，这些年我收集了不少回鹘古文书，但我从未试图去解读。我喜欢长久地看那些我不认识的古老文字，对其保持着难言的陌生与好奇。

老孙给我找的回鹘语学者来了，他叫库尔班，大胡子，看样子有六十多岁，汉语说得很好。老孙说库尔班老师能读懂这里出土的所有古老文字。

库尔班拿着我的放大镜看了好久，说，这是由于阗语转译的回鹘语《心经》。他指着驴皮脖子左下角的最后一行字说，"这里注明是于阗王新寺马主持捎给疏勒桃花寺买生主持的佛经。"

我的血再一次涌到头顶。我在多年的收集阅读中早已熟知这两个寺院的名字。当库尔班说出于阗王新寺和喀什桃花寺时，我就像在很远处听到有人说起我家乡的名字。

送走他们后我又匍匐在驴皮上，拿放大镜仔细辨认，我拿熟记于心的汉语《心经》，一句句地对着回鹘语读，当对照到"究竟涅槃，三世诸佛"时，我猜想回鹘语中"佛"是哪个字，又担心我认识了它。我着迷的是字不被认出时的样子。

我的注意力落在边缘的皮毛上。

这张驴皮剥得很完整，从蹄子到脖子、头，整个驴的形完美无缺，尤其令我好奇的是，它萎缩的尾巴根部，完好地保留了毛驴后阴部分，让我一眼看出这是一张小母驴的皮子。

皮子从驴脖子靠耳根处整齐割开，驴头部的毛没有剃去，能清晰地看出一张完整的驴脸。

应该是一张于阗小黑母驴的脸。

我观察过于阗驴和喀什驴的差别，于阗驴毛色黑，喀什驴偏灰，但驴叫声没有差别。

我猜想这些文字应该是驴活着时刺在驴皮上的，这头小母驴身负一部《心经》，从于阗王新寺，走到喀什桃花寺。其间喀拉汗和于阗的拉锯战打得正酣。这头小母驴一路经历了什么？我怎样才能知道它所历经的所有故事？

倔强

从喀什回到乌鲁木齐的很长一段时间，我的精力集中在这张驴皮上，我把之前收集的于阗、喀拉汗时期的文书和器物摆在铺开的驴皮周围，每日把玩琢磨，我想象这头留下一张皮子的小黑母驴，一定看见或者驮载过这些东西。那时毛驴是主要的驮运工具，人驴形影不离，人拿过的，驴都驮过。

我想着这头小黑母驴时，时常嗓子痒痒的想放声鸣叫。我脖子伸直，脸朝上，喉管一鼓一鼓，却从没有发出过一丝声音。

有一天，我突然决定开车去和田，再到喀什，沿着这头驴走过的地方走一遍。那也是一千年前于阗国和喀拉汗间拉锯交战的战场，至今留有大量麻扎和佛寺遗址。我在手绘地图上标出那时候从于阗到喀什的佛寺和麻扎的名字和具体位置，它们连接起一条一千年前的路。

可是，这一行程在半路上的库车终止了。

我被库车老城满街满巷的驴和驴车留住。那时的库车县四十万人，有四万头驴，四万辆驴车。每个周末龟兹河滩的万驴大巴扎让我流连忘返。仿佛全世界的驴和驴车在那里聚集。我在巴扎上听驴叫，有时偷偷地跟驴一起叫。

巴扎上全是驴和人的嘈杂，我在驴堆里闲逛，摸摸这个的脖子，拍拍那头的屁股，看没人注意，蹲下身，喊出一声驴鸣。旁边的驴立刻跟着叫起来。我小时候跟驴学的叫功，随着年壮喉粗显得愈加苍劲逼真。当我和驴一起大叫时，没有人听出满河滩的驴叫中有一声是人的，我也不觉得我是一个人在叫，只感到我和驴是一伙的，我昂起头，伸直脖子，扯开嗓门，我听见我在驴世界里的声音，比我在人间的更大更响亮。

我在库车的数年间，目睹驴车被电动三轮车替代，"昂叽昂叽"的驴叫变成"突突突"的机器声，我经历了毛驴从极盛到几乎灭绝的全过程。那是驴的末世，是驴和人在这个世界的最后交集。

我憋了一股子倔强的驴脾气，写成《凿空》这部书。

现在，人们只有在我的书中才能找到那么多的驴，听到那么昂扬的连天接地的驴叫了。

我在库车过足了一个人的驴瘾。

我以为我把驴的事情交代完了，以后我再不会写到驴，这个世界跟驴再没关系了，所有的路上不会有驴蹄印，田野里不会有驴叫，连天堂里也不会有往来的驴车。

可是，我的梦里还有一头驴活着。

一个夜晚我又梦见自己被追赶，我在恐惧中拼命逃跑，眼看被追上，我看见自己四蹄着地，放趟子奔跑起来，脚下是熟悉的荒野沙漠。

这一次，我清楚地看到梦中替我奔跑的那头驴的脸，白眼圈，黑眼睛，眯一个缝看我。在我早年的无数个梦中，我都只看见它奔跑的蹄子，仿佛我爬在它背上，又仿佛脱身在别处，我把恐惧和被追赶的命运扔给了它，却从来没有看见它的模样。

醒来我突然想起那张驴皮上的脸，我取下放在书架顶上好久没动的那张驴皮，小心展开，我惊讶地看见一张和梦中那头驴一模一样的脸。一张小黑母驴的脸。

我突然又有了写驴的冲动，我写过库车的万驴巴扎，写过河滩大巴扎上的万驴齐鸣。

这一次，我要写一头小黑母驴，我给它取名叫谢，我听见它的叫声了。我也听懂它在叫什么。

我写的这部书叫《捎话》。

2017 年

一个人的时间简史
——从《一个人的村庄》
到《本巴》

一

　　我常做被人追赶的噩梦，我惊慌逃跑。梦中的我瘦小羸弱，唯一长大的是一脸的恐惧。追赶我的人步步紧逼，我大声呼喊，其实什么声音都喊不出来。我在极度惊恐中醒来。

　　被人追赶的噩梦一直跟随我，从少年、青年到中老年。

　　个别的梦中我没有惊醒，而是在我就要被人抓住的瞬间，突然飞起来，身后追赶我的人却没有飞起来。他被留在地上。我的梦没有给他飞起来的能力。

　　我常想梦中的我为何一直没有长大，是否我的梦不知道我长大了。可是，另一个梦中我是大人，梦是知道我长大的。它什么都知道。那它为何让我身处没有长大的童年？是梦不想让我长大，还是我不愿长大的潜意识被梦察觉？

　　在我夜梦稠密的年纪，梦中发生的不测之事多了，我在梦中死过多少回都记不清。只是，不管多么不好的梦，醒来就没事了。我们都是这样从噩梦中醒来的。

　　但是，我不能每做一个噩梦，都用惊醒来解脱吧，那会多

大地上的家乡

耽误瞌睡。

　　一定有一种办法让梦中的事在梦中解决，让睡眠安稳地度过长夜。就像我被人追赶时突然飞起来，逃脱了厄运。

　　把梦中的危难在梦中解决，让梦一直做下去，这正是小说《本巴》的核心。

　　在《本巴》一环套一环的梦中，《江格尔》史诗是现实世界的部落传唱数百年的"民族梦"，他们创造英勇无敌的史诗英雄，又被英雄精神所塑造。说唱史诗的齐也称说梦者，本巴世界由齐说唱出来。齐说唱时，本巴世界活过来。齐停止说唱，本巴里的人便睡着了。但睡着的本巴人也会做梦，这是说梦者齐没有想到的。刚出生的江格尔在藏身的山洞做了无尽的梦，梦中消灭侵占本巴草原的莽古斯，他在"出世前的梦中，就把一辈子的仗打完"。身为并不存在的"故事人"，洪古尔、赫兰和哈日王三个孩子，创造出一个又一个与生俱来的好玩故事。所有战争发生在梦和念想中。人们不会用醒来后的珍贵时光去打仗，能在梦中解决的，绝不会放在醒后的白天。赫兰和洪古尔用母腹带来的搬家家和捉迷藏游戏，化解掉本巴的危机，部落白天的生活一如既往。但母腹中的哈日王，却用做梦梦游戏，让所有一切发生在他的梦中。

　　《本巴》通过三场被梦控制的游戏，影子般再现了追赶与被追赶、躲与藏、梦与醒中的无穷恐惧与惊奇，并最终通过梦与遥远的祖先和并不遥远的真实世界相连接。

写《本巴》时，我一直站在自己的那场噩梦对面。

像我曾多少次在梦醒后想的那样，下一个梦中我再被人追赶，我一定不会逃跑，我会转过身，迎他而去，看看他到底是谁。我会一拳打过去，将他击倒在地。可是，下一个梦中我依旧没有长大到跟那个追赶者对抗的年龄。我的成长被梦忽略了。梦不会按我想的那样去发生，它是我睡着后的生活，不由醒来的我掌控。我无法把手伸到梦中去帮那个可怜的自己，改变我在梦中的命运。

但我的小说却可以将语言深入到梦中，让一切如我所愿地发生。

写作最重大的事件，是语言进入。语言掌控和替代发生或未发生的一切。语言成为绝对主宰。所有故事只发生在语言中。语言之外再无存在。语言创始时间、泯灭时间。我清楚地知道，我的语言进入到冥想多年的那个世界中。我开始言说了。我既在梦中又在梦外看见自己。这正是写作的佳境。梦中黑暗的时间被照亮。旧去的时光又活过来。太阳重新照耀万物。那些坍塌、折叠的时间，未被感知的时间，被梦收拾回来。梦成为时间的故乡，消失的时间都回到梦中。

这是语言做的一场梦。

这一次，我没有惊慌逃跑。我的文字积蓄了足够的智慧和力量。我在不知觉中面对着自己的那场噩梦，难言地写出内心最隐深的意识。与《江格尔》史诗的相遇是一个重要契机，史诗给了我巨大的梦空间。它是辽阔大地。我需要穿过《江格尔》浩瀚茂密的诗句，在史诗时间之外，创生出一部小说足够的时间。

二

在我小时候的记忆中，时间是停住的，老人活在老年，大人活在中年，小孩活在童年。一间间的时间房子里住着不同年纪的人。我曾反复做一个梦：我穿过一间挨一间熟悉或陌生的空房子，永远没有尽头。我在那里找奶奶，找我父亲。

我出生时奶奶就很老了，我没见过她年轻，便认为她一直是老的。父亲没活到老，他在我八岁时离世，奶奶目睹独生儿子的死，白发人送黑发人。父亲去世后奶奶活了两年，丢下我们几个未成年的孙子孙女离世了。从那时起村里老人一个跟一个开始走了，好像死亡从我们家开始，蔓延到村庄。

"我在黄沙梁还没活到一棵树长粗，已经经历了五个人的死。那时全村三十二户，二百一十一口人，我十三岁，或许稍小些，但不是最小的。我在那时看见死亡一个人一个人向我这边排。"在《一个人的村庄》中我写过一棵树、一只甲壳虫、一条狗以及《韩老二的死》，还写了《我的死》，我给自己预设了好多种死法，也创生出各种逃生续命的方法。我在那时看见死亡如根盘结，将大地生灵连为一体。"任何一棵树的死亡都是人的死亡，任何一粒虫的鸣叫也是人的鸣叫。"

在更早的诗歌中，我写道："生命是越摊越薄的麦垛，生命是一次解散。"这场"摊薄""解散"的生命历程，穿过《一个人的村庄》，在《虚土》中扩展为人一生的时间旷野。

《虚土》是我生命恍惚的中年写的第一部小说，我刚过四十岁，感觉上到一个坡上，前后不着村店。我在书中写到一个从没见过面的父亲，他每次从远处回来都是深夜，他的孩子熟睡在月光中，他的妻子眼睛闭住，听自己的男人摸索上炕。

我对父亲的记忆很少，他是一个旧式文人，会吹拉弹唱，写一手好毛笔字，还会号脉开方子。我最早读到的书，是他逃荒新疆时带来的中医书。但我记忆最深的是后父，他在我十岁时赶一辆马车把我们家拉到另一个村庄。后父是说书人，或许受他启发，我后来成为写书人。我写过许多关于后父的文章，却极少写到亲生父亲。我把父亲丢掉了，我关于他的所有记忆都是模糊的。

多少年后我活到父亲死去的年龄，前头突然空荡荡了。那是父亲没活到的荒凉岁月。没有一个白发苍苍的老父亲在前面引路，这时我才意识到父亲又一次不在了，"我在那些老去的人中没看见他，他的老年被谁过掉了"。

这样的时间感受写在《虚土》中。

我原初的构思是写几十户人从甘肃逃饥荒到新疆，在沙漠边垦荒生存的故事，有父亲带全家逃荒的背景，它注定是一部小说。

《一个人的村庄》最初也是当小说写的，写了好几万字，才知道它不应该是小说。我不喜欢处理村庄的琐碎物事，这会让文字变俗。当散文去写时随心顺手了，我把故事和人物安顿在一个个单独的时间房子里，这些时间房子组成一个村庄的浩茫岁月。这样没写完的小说一段一段地截成散文，之前没完成的诗歌也改成散文。那个叫黄沙梁的村庄，我曾用诗歌和小说尝试书写它，最终以散文获得成功。这本使我从诗人成为散文家的书，也几乎让我把一辈子的散文写完了。

《虚土》的小说意志坚持到了结尾，尽管一些段落单独看还是散文，但也只是像我的散文，而我的散文本身像小说。那些不可能发生的事，弥漫着可能的生活气息。最真实的细节垒筑起最虚无诗意的故事。我写过十多年诗歌，写《虚土》时才找到连绵不绝的诗意。我把诗歌意象经营成了小说故事。诗人的冲动却使这部小说的主题严重走偏，原本构想的逃荒背景不重要了，故事从外向内发生，最终写了虚土梁上一群尘土般扬起落下、被时间驱赶的人。

小说中"五岁的我"，在一个早晨睁开眼睛，看见村里那些二十岁三十岁的人在过着我的青年，六十岁七十岁的人在过着我的老年，而两岁三岁的人在过着我的童年，我的一生都被别人过掉，连出生和死亡都没有剩下。这个孤独的孩子，只看见生命中的一个早晨，"剩下的全是被别人过掉的下午和黄昏"。在深陷茫茫荒野的虚土庄，每个人都像是我又都不是，所有人的故事都像是我亲身经历，但真正的我在哪里。

一个人的一生和一村庄人的一生如花盛开在荒野。

道路被埋住又挖开，房屋拆除又重建，其目的只是为了报复一个长途回家的人，让他永远找不到目的地。瞎子摸遍村庄的每一件东西，他从来不知道人们说的黑是什么。我在虚土庄尝试各种各样的活法：挖一口深井让自己走失在土中，从一个墙洞钻过去，在邻家院子寂寞地长大再钻不回来，变成一只鸟、一窝老鼠中的一只。那个赶马车在远路上迷失，老态龙钟回到村庄的人是我，"命被西风拉长"，被布满道路的每一个坑洼耽误掉一辈子的人是我。我的生命化成风、老鼠、树叶、一粒睁开眼睛的尘土，我为自己找见的所有路都不是路，我一次次回到别人家里，过着自己不知道的生活。

每个单独的时间房子，开着一扇面朝荒野的门。"我看见自己的人群"，集合在时间的旷野。每一天每一年的我，都在那里活着。我叫了不同的名字，经历各种生活，最后归入树叶尘土。

小说末尾，这个几乎过完了我一生的村庄，让我说出一个早晨，我唯一看见的早晨。他们醒来时总是中午，虚土庄的早晨被我一个人过掉了。

《虚土》写作是困难的。我要找到一种在梦与醒间自由转换或无须转换而通达的语言。我让梦呓延伸到早晨，与醒无缝连接。或者一句话的前半句在现实中，后半句已入到梦里。

我曾写过一只"醒来的左手"，它能在人睡着时伸进梦里，把梦中的财富拿到梦外，也能把梦外的东西拿到梦中。我知道这只伸进梦中的手是语言。

我用在醒和梦中通用的语言，叙述那个半睡半醒的虚土庄，弥漫在每一句的诗意，模糊了现实与梦的界限，也无所谓梦与醒，语言的特殊氛围笼罩全篇。我不屑去交代故事关联，自我气息贯穿始末。文字到达处，黑暗中的事物一一醒来。语言如灵光一路照亮，又似种子发芽，生长出虚土上不曾有的事物。

虚土庄人最恐惧的是时间。人一旦停下来，时间便变成一个坑，让人越陷越深。他们只有不断地让自己走远。但时间的坑凹布满道路，随便一件小事都可耗掉人的一生。唯有那粒睁开眼睛的尘土，高高地悬浮在时间上面。那些布满时光尘埃的文字，每一句都想飞，每一段都飞了起来，我想带着一个村庄的重，朝天空和梦飞升。就像那个梦中，我带着地上的恐惧飞起来。

"梦把天空顶高，将大地变得更加辽阔。"

三

《凿空》写一个停住不动的故事：两个挖洞人在黑暗地下

担惊受怕地挖掘，和一村庄人在地上年复一年地等待。这里的生活像一声高亢驴鸣，飙到半空又落回到原地。发生了什么但又什么都没有发生。这是我曾生活其中的乡村。我懂得它的缓慢时光。我想写出时间迟缓地对人和事物的消磨。还有，跟人在同样漫长的时间里活成另一种生命的毛驴。我写了四十多万字，最后出版时删了十几万字。谁有耐心看一个停住不动的故事呢。但我有足够的耐心让那个叫阿不旦的村庄在时间里悠然停住。

我曾说过散文是让时间停住的艺术，散文的每一句都在挽留、凝固时光。我早年的散文爱用句号，每一句都让所写事物定格住，每一句都在结束。散文不需要像小说那样被故事追着跑。

但小说一定要被故事追着跑吗。

一定有另一类小说，为完全不同的另一种生活所拥有。《凿空》是我盛年倔强的书写。小说人物的孤僻不从，是那个年龄我的心性写照。这样的倔强让小说叙述更合我意。我没有在这部小说中妥协，也便不会在下一部小说中随俗。

《凿空》是我跟生活之地的一场迎面相遇。

我赶上了拖拉机和三轮摩托正在替换毛驴和驴车的时代。驴的末世到来了。眼看着陪伴人类千万年的毛驴，将从人的生活中消失。驴什么都明白的眼神中满是跟人一样的悲凉。

一种生命的消失意味着什么呢？从此人的家里再没有一双驴眼睛，时时看着人过日子。当人的世界只剩下人，人的生活只被人看见，这是多么的孤独和荒谬。可能人不需要驴来证明自己存在。但是，当那双如上帝之眼悲悯地看着人世的驴眼睛永远闭住时，人世在它的注视中便已经坍塌了。

一场浩大的人和毛驴的告别就发生在眼前，一群一群的驴在消失，随之消失的是跟驴相关的手工业，做驴车的木匠、打驴掌的铁匠、做驴拥子的皮匠，都失业了。我几乎在这一切发生的同时，写出了《凿空》。我定格了那个村庄的时间：被铁匠铺改造的拖拉机，最后变成一堆废铁回到铁匠铺；龟兹研究院的王加在阿不旦人手中的坎土曼上，窥探他们耗费的精力和时间；张旺才和玉素甫两个挖洞人，在洞中靠地上传来的动静知道天亮了。

我最喜欢写挖洞的那些文字，在黑暗地下，人四肢爬地，像动物一样往前挖掘，耳朵警觉地听地上的动静，生怕自己挖洞行为被发现。我出生后一直住地窝子，那是一个挖入地下的洞，只有一方天窗透进光亮来。我在那个洞里听见树根扎入地下的声音，和地上所有的动静。《凿空》中那个挖洞人是早年的我，我想挖开时间的厚土，找到那间童年的地下房子。而地上的沉重生活，终究将地洞压塌。

被压塌的还有毛驴的叫声。我和毛驴有过很长的相处，写作时，它的眼睛成了我的，它最后看见的世界被我用一部书珍藏。毛驴曾用高亢的鸣叫"把人声压在屋檐下"。如今那个"一半是人的，一半是驴的"的村庄已不复存在。但驴"斜眼看人"的犟脾气，被一个写作者继承下来，并在之后的小说中，完成了对这一生命最为血性与柔情的书写。

四

有很多年我盯着这里的一个时间在看，那是公元一千年前后，我生活的土地上正发生影响最为深远的战争，两大信仰在西域尘土飞扬的土地上争夺人的灵魂。今天这里人们的信仰现状，都跟那场战争的结果有关。我读那个年代的史料、诗歌，去战争所经的村庄城市，走访残存的战争遗址。当地人说起千年前的那场战争，仿佛在说昨天的事。

《捎话》回到那段惊心动魄的改变人灵魂的时间里，窥探灵魂被迫改变时人的肉体状态，或是肉体将被消灭时人的灵魂状态。小说出版后，有评论家分析《捎话》中写了许多有裂隙的生命：毗沙人的身体和黑勒人的头错缝在一起的鬼魂妥觉；从不见面但如同一人的孪生幽灵将军乔克努克；孩子被缝进羊皮制作的人羊；还有驴人、驴马合体的骡子。我几乎在不知觉中写了这么多分裂但又努力弥合的生命，一定是我感知到太多来自历史和现实的裂隙，它们成为我的心灵裂缝。一个地方的残酷历史，最终成为写作者的伤心往事。

《捎话》由小毛驴谢和捎话人库轮流叙述。开篇由谢和库分别交叉叙述，故事发生的时间双头并进，交合一起。到第二章库和谢的叙述扭在一起。不细心的读者会将其当全视角小说

176

去读，当然也没问题。毛驴谢和库的叙述视角转换天衣无缝。在人物设置中库懂几十种人的语言但听不懂驴叫，也看不见鬼魂。毛驴谢能看见声音的颜色和形状，能听见鬼魂说话。小说中鬼魂妥觉的讲述都是毛驴谢一路上听到的。这头小母驴的耳朵里灌满了鬼话人话。最后，懂得几十种语言的捎话人库叫出"昂叽昂叽"的驴鸣，他终于听懂人之外另一种生命的声音。

这部小说我先写出故事结局：破毗沙国。然后回头去找它的身体。中间最重要部分"奥达"也是先写完的，所有朝结尾归拢的故事，最后找到开端。小说中哪一块天亮了，就从哪写起。语言未进入的部分是暗哑的。语言是黑暗的照亮。《捎话》也是一部写语言的书，不同语言区域的人们需要靠翻译来完成捎话，因为"所有语言里天亮这个词，在其它语言中都是黑的"。小说结束于"破城"，一个城邦之国灭亡了，随之覆灭的是"说毗沙语的舌头将腐烂成土"。消灭语言才是战争的最终目的。被毗沙语说出的事物从此消失，战胜方黑勒语将说出和命名一切，毛驴也只容许被黑勒语的名字称呼。但驴叫声不会改变——那是漫长时间中唯一没被改变的声音。

《捎话》写完后，我的另一部小说也已经准备充分，故事发生在二百多年前的土尔扈特东迁，回归祖国。我为那场十万人和数百万牲畜牺牲在路上的大迁徙所震撼，读了许多相关文字，也去过东归回来时经过的辽阔的哈萨克草原，并在土尔扈特东归地之一的和布克赛尔蒙古自治县做过田野调查。故事路线都构思好了，也已经写了好几万字，主人公之一是一位五岁的江格尔齐。写到他时，《本巴》故事出现了。那场太过沉重的"东归"，被我在《本巴》中轻处理了。我舍弃了大量的故事，只保留十二个青年去救赫兰齐这一段，并让它以史诗的方式讲述出来。我没有淹没在现实故事中。

让一部小说中途转向的，可能是我内心不想再写一部让我疼痛的小说。《捎话》中的战争场面把我写怕了，刀砍下时我的身体会疼，我的脖子会断掉，我会随人物死去。而我写的本巴世界里"史诗是没有疼痛的"，死亡也从未发生。

《本巴》出版后的某天，我翻看因为它而没写出的东归故事，那些曾被我反复想过的人物，再回想时依然活着。或许不久的将来，他们全部地活过来，人、牛羊马匹、山林和草原，都活过来。这一切，有待我为他们创生出一部小说的时间来。一部小说最先创生的是时间，最后完成的也是时间。

五

《本巴》的时间奇点源自一场游戏。在"时间还有足够的时间让万物长大"的人世初年，居住在草原中心的乌仲汗感到了人世的拥挤，他启动搬家家游戏让人们回到不占多少地方的童年，又用捉迷藏游戏让大地上的一半人藏起来，另一半去寻找。可是，乌仲汗并没有按游戏规则去寻找藏起来的那些人。

而是在"一半人藏起来"后空出来的辽阔草原上，建立起本巴部落。那些藏起来的人，一开始怕被找见而藏得隐蔽深远，后来总是没有人寻找他们便故意从隐藏处显身。按游戏规则，他们必须被找见才能从游戏中出来。可是，本巴人早已把他们遗忘在游戏中了。于是，隐藏者（莽古斯）和本巴人之间的战争开始了，隐藏者发动战争的唯一目的是让本巴人发现并找到自己。游戏倒转过来，本巴人成了躲藏者，游戏发动者乌仲汗躲藏到老年，还是被追赶上。他动用做梦梦游戏让自己藏在不会醒来的梦中。他的儿子江格尔带领本巴人藏在永远二十五岁的青年。而本巴不愿长大的洪古尔独自一人待在童年，他的弟弟赫兰待在母腹不愿出生。努力要让他们找见的莽古斯一次次向本巴挑衅，洪古尔和赫兰两个孩子担当起拯救国家的重任。

这个故事奇点被我隐藏在小说后半部。

我被《江格尔》触动，是"人人活在二十五岁青春"这句诗。在那个说什么就是什么的史诗年代，人的世界有什么没有什么，都取决于想象和说出。想象和说出是一种绝对的能力和权力。江格尔带领部落人长大到二十五岁，他们决定在这个青春年华永驻。停在二十五岁是江格尔想到并带领部落实施的一项策略，他的对手莽古斯没有想到这一层，所以他们会衰老。人一旦会衰老，就凭空多出一个致命的敌人：时间。江格尔的父亲乌仲汗是被衰老打败的，江格尔不想步其后尘。

《本巴》从一句史诗出发，想写一部关于时间的书。但我不能像史诗中的江格尔汗那样，说让时间停住时间就会停住，我得找到让时间停住的逻辑。三场游戏的出现，使我找到解决时间的方法。不断膨胀的游戏空间挤出了时间。天真成为让虚构当真的力量。我给游戏设置的开端也让这部小说的故事严丝合缝。游戏将小说从史诗背影中解脱出来，我有了在史诗尽头的时间荒野中肆意言说的自由。

《虚土》中属于一个人一生的时间荒野，在《本巴》中无边无际地敞开了。这片时间荒野上我曾被人追赶惊慌奔逃、为赌"一片树叶落向哪里"跑到一场风的尽头。如今它成为几个孩子的梦之野和游戏场。以往文字中所有的孩子，也跟赫兰、洪古尔、哈日王是同胞兄弟。他们是被梦收留的我自己。

多少年后我才意识到，我写过的所有孩子都没有长到八岁。我不让他们长大。因为"我五岁的早晨"，父亲还活着。只要我不长大到八岁，便不会失去父亲。我执拗地让时间停住在童年。

一部小说最深层的意识有时作家也不能全知，写作中无知的意识和悟性或最迷人，莫名其妙永远是最妙的。我垒筑在童年的时间之坝，在我六十岁时都不曾溃塌。我在心中养活一群不长大的自己，他们抵住了时间的消磨。那是属于我的心灵时间。

有一天我认出梦中追赶我的那个人，可能是长大的我自己。

我被自己的成长所追赶。一个人的成长会让自己如此恐惧。

作家最不同于他人的是与生俱来的那些东西：在母腹、童年成长的"劫难"中获知人世经验，在一场一场的梦中学会文学表达。文学是做梦的艺术。梦是培养作家的黑暗学校。把梦做到白天，将作文当做梦。梦是现实世界的另一种醒。我们在夜夜的睡眠中过着梦生活，经受梦愉悦和梦折磨。梦是封闭的牢狱，扣留童年的我们做人质，不论我们长得多么强大，梦握住我们童年的把柄。这正是梦的强大和意义。

梦是另一场劳忙。唯有漫长一生中的做梦时光，能抚慰我们劬劳的身体和心灵。唯有梦将失去的生活反转过来重新给予我们。《本巴》中乌仲汗晚年将自己的牛羊转移到梦中。老去的阿盖夫人解救出乌仲汗，老汗王梦中的牛羊，又全部地回到草原上。被梦抚慰的醒，和被醒接住的梦，一样长久地铺展成我们的一生。

梦的时间属于文学。

六

文学写作是一门时间的艺术。时间首先被用作文学手段：在小说中靠时间推动故事，压缩或释放时间，用时间积累情感等，所有的文学手段都是时间手段。作家在一部作品中启始时间，泯灭时间。故事和人物情感，放置在随意捏造的时间中。时间成为工具。大多的写作只应用时间却没有写出时间。时间被荒废了。只有更高追求的写作在探究时间本质，最终呈现时间面目。

　　写作者在两个时间里的来回劳忙。一方面，一部作品耗用作家的现实时间。《一个人的村庄》我从三十岁写到四十岁，青年到中年的生命耗在一部书中。另一方面，我也在文字的村庄中生长出无穷的时间：经受一粒虫子的最后时光，陪伴一条狗的一生，目睹作为家的房子建起、倒塌，房梁同人的腿骨一起朽坏，在一件细小事物上来回地历经生死枯荣，每一个小片段中都享尽一生。我在自己书写的事物中过了多少个一百年。

　　关于时间的所有知识，并不能取代我对时间的切身感受。我在黄沙梁那个被后父住旧又被我们住得更加破旧的院子，从腐朽在墙根的一截木头，从老死在草丛的无数虫子的尸体，从我每夜都想努力飞起来的梦，从一只老乌鸦的叫声，从母亲满头银发和我的两鬓白发，从我日渐老花的眼睛，我看见自己的老年到来了。

　　我的六十岁，无非是田野上的麦子青六十次，黄了六十次，每一次我都看见，每一年的麦子我都没有漏吃。

　　或许我在时间中老去，也不会知道它是什么。我徒自老去的生命只是时间的迹象和结果，并非时间。写作，使我在某一刻仿佛看见了时间，与其谋面，我在它之中又在它之外。

　　我在《谁的影子》中写了一个漫长的黄昏：父亲扛着铁锹，从西边的田野里走来，他的影子一摇一晃地，已经进了院子，他的妻子看见丈夫的影子进了家，招呼儿子打洗脸水，儿子朝影子尽头望，望见父亲弓着身，太阳晒旧的衣服帽子上落着枯黄草叶，父亲的影子像一条光阴的河悠长地流淌进院子。

而他的父亲，早在多年前便已离世。

多年后我到了坐在墙根晒太阳的年龄，想到我的文字中那些不会再失去的温暖黄昏，夕阳下的老人，背靠太阳晒热的厚厚土墙，身边一条老狗相伴，人和狗，在一样的暮年里消受同一个黄昏。多少岁月流逝了，生活中极少的一些时光，被一颗心灵留住。我小时候遥望自己的老年，就像望一处迟早会走去的家乡。当我走到老年，回望童年时，又仿佛在望一处时间深处的故乡。

作家在心中积蓄足够的老与荒，去创作出地老天荒的文学时间。荒无一言，应该是文学的尽头了，文字将文字说尽，走到最后的句子停住在时间的断崖，茫茫然。

我时常会遭遇语言的黄昏，在那个言说的世界里，天快要黑了，所有语言将停住，再无事物被语言看见，语言也看不见语言。

但总有一些时刻突然被语言照亮。我在语言照亮的时间里活下来。

作家是一种灵感状态的人。灵感降临时异于常人，突然地置身另一重时间。这便是灵感，它经常不灵，让我陷入困顿。但我知道它存在。因为它存在，我才写作。那时时间也灵光闪闪，与我所写事物同体。我相信每个写作者都曾看见过只有在宇宙大尺度上才能目睹的时间发生与毁灭。如同一部小说的开始与终结。

宇宙大爆炸理论告诉我们，时间是被不断膨胀的空间"挤"出来的。我们每个人一生的时间也都由不断地生长所"挤"出来。生命的生长对应着宇宙膨胀，我们自母腹的膨胀中诞出，从小长大长老。每个生命都用一生演绎着那个造化我们的更大存在的一生。无数的生命膨胀坍缩之后，是宇宙的最终坍缩。在此之前，"时间还有足够的时间"让我们代复一代地生长出新的时间来。

我曾看见一张时间的脸，它是一个村庄、一片荒野、一场风、一个人的一生、无数的白天黑夜，它面对我苦笑、皱眉，它的表情最终成了我的。我听见时间关门的声音，在早晨在黄昏。某一刻我认出了时间，我喊它的名字。但我不知道它的名字。我说的时间可能不是时间。

我用每一个句子开启时间。每一场写作都往黑夜走，把天走亮。

我希望我的文字，生长出无穷的地久天长的时间。

2022 年 6 月

一本书回到家乡

《捎话》二〇一八年底出版，今天是第一次在新疆和读者见面，也算是捎话回家。一本书回到家乡，书中那些故事，回到它的发生地。当然，那些故事不会发生在大地上，它只会发生在写作者的心中。

但是，组成这个故事的所有元素，是新疆的，可以真实触摸到，那一场场的风、天上落着的尘土、比别处晚黑的长夜、需要翻译的人的语言和不需要翻译的驴的鸣叫、参与战争的鸡鸣狗吠、带着生命余温的鬼魂、被砍了头的白杨树、沙漠落日和漫漫戈壁路，这些都是新疆的。

还有我——讲故事的人，也是在新疆漫长的西风中出生长大，眼睛和呼吸里，落了太多的沙子。在这本书中，从头到尾弥漫在文字间的沙尘，是写作者心中经年的累积。它的风声早已把一个人吹刮成这样。这个地方的时间岁月，造就出看见它的眼睛和听见它的耳朵。所有这些，都是一本书和一个地方的关系。它的千年里发生的一切，生长成了一个人的内心往事。

《捎话》写的是一千年前一头驴和一个人的故事，也是两个城邦之国间的战争故事。但它不是写历史。它是历史在一个人心中的惊魂未定。相信那些来自历史深处的喊杀声，也会让今天的人们彻夜不眠。

一个地方的历史就像沉睡在地面的沙尘，一有风吹草动，它便会弥漫天空。历史并没有真正安静。我们每个人都不仅仅活在今天，也活在历史中。历史从来没有过去。我们今天的生活，只是那些发生在历史中的一个个事件的结果。

在天池景区有一片西王母蟠桃园，传说那园里的蟠桃树，有三千年一开花结果的，也有一千年一开花结果的，还有百年一开花结果的。我想，一个地方的历史，就像西王母的蟠桃树，它在百年千年前的一次开花，结成了后来的现实之果。

正如有了两千年前汉代对匈奴作战的胜利，西域从此归入中华版图。这是中华文明在西域的一次盛大开花。今天的新疆，作为中国不可分割的一部分，正是这段历史的一个遥远结果。自此之后，大唐对西域的强势管理，丝绸之路在西域和中原间的兴盛畅通，以及清代再次收复新疆并建省，以及新疆和平解放，等等。哪一段历史都跟我们今天的生活密不可分。当然，也包括公元一〇〇六年，信仰伊斯兰教的喀拉汗王朝用武力征服信仰佛教的于阗国，新疆从此进入伊斯兰化过程。而其时，佛教已在新疆驻留一千年，完成了从西域向内地广远传播。现在遍布南北疆的佛窟遗址，便是这一历史的见证。而散落在喀什和于阗之间的众多麻扎遗迹，则是那场旷日持久的信仰之争留下的惨痛记忆。这也是《捎话》的历史背景。新中国成立后，长达七十年宝贵的安宁和平，似乎在抚平那些难言的

大地上的家乡

过去记忆。但是，历史并未真正安静。我们依然活在这些历史事件的影响与结果中。

《捎话》没有直接去写历史。我知道那段历史的敏感性。我们今天处理敏感历史的方式是简单的回避，让它永远沉睡或被遗忘。但是，历史不会被选择性地遗忘掉。总会有人往历史深处去找寻今天的答案，那里发生的一个个惊心动魄的事件，会积累在写作者心中，变成一个人的痛苦和惊恐。将一个地方的历史记忆，变成作家的心灵往事。这是文学对历史的参与和叙述。

今天，这本叫《捎话》的书，回到家乡。回到故事的发生地，回到一样在这块土地上感受历史和今天的人们中间。就像一场梦游，回到那个做梦的枕头上。但这并不让人更加踏实。那些从时间深处捎来的话，还须走很远的路，我们都是捎话人，和那些话同在路上。

2019年7月17日乌鲁木齐有书空间《捎话》品读会发言整理

一袋没有的盐

感谢《羊城晚报》花地副刊。三十年前我是花地的读者，二十多年前，我已经是花地的作者，今天来领"花地文学榜年度长篇作品"奖，我荣幸之至。

获奖的长篇《本巴》，是我写给童年的史诗。童年是我们的陌生人，尽管每个人都从童年走来，但我们确实已经不认识童年了。

这几个月，我在带两岁的外孙女，她会跟自己说话，会把没有的东西给我。

她跟外婆去了趟镇上的商店，回来后，那个商店和卖货的阿姨，就成了她的游戏。她说要到商店给我买一包盐，她对着墙边的柜子问阿姨盐多少钱，然后拿着她买到的一袋递到我手上。其实什么都没有。但她很认真地把一袋没有的盐给我，我接在手里，闻一闻。她问我咸不咸，我做出很咸的表情。

一袋没有的盐，就这样给到我手上。

我们小时候，手里也曾拿过许多没有的东西，后来都扔了，忘了。人一长大，就不再相信没有的东西。幸好还有文学。文学是现实世界的无中生有。它把没有的东西给我们，让

大地上的家乡

我们从此去另眼看那些有的东西。

我相信优秀的文学都属于"不曾有"，当作家将它写出后，我们才觉得它是这个世界应有的。而作家没写出之前，它只是一个没有被做出的梦。但它一旦写出来，便成为真实世界的影子。

在《本巴》这部小说中，草木和人，每天生出一条影子来，朝西朝东丈量过大地，然后，带着这个世界的长短远近，去了梦里。梦是从现实世界伸出的影子，现实世界也是梦的影子。史诗也是，它和现实世界互为影子。

《本巴》是我写过的最愉快的一部小说。讲一个停留在哺乳期不愿长大的孩子，一个不愿出生，被迫出生后还要回到母腹的孩子，还有一个在母腹中管理外面部落的孩子，他们把现实世界的沉重生活，做成轻松好玩的游戏，用搬家家、捉迷藏和做梦梦游戏，玩转整个世界。

《本巴》中没长大的孩子都在童年，长大的人聚集在二十五岁，已经长老的人，在孤独老年里。每个生命阶段，都活着另一个自己。他们靠梦联系，小孩梦见自己老了，老年人反复地梦见自己还是孩子。年轻人一次次地梦见自己死了。

《本巴》世界是被江格尔齐说唱出来的，并不真的存在。但这些故事中的人，有一天知道了自己的生活并不真的存在后，反而更加认真地生活起来。因为他们都天真地相信没有的事物，并认真地把并不真实存在的生活，过得波澜壮阔，熠熠生辉。

大地上的家乡

当我的小外孙女，把一袋没有的盐放到我手里时，我找到了小说《本巴》的存在依据。我两岁时，也曾有过无数的没有的东西。只是我长大了。我把那个两岁的自己扔在了童年。长大的只是大人。长老的只是老人。跟那个孩子没有关系。

我写过许多的童年故事。我一直用来自童年的眼光在看这个世界。尽管我也有一双可以洞察人世的大人眼睛，把世界看得明白透彻，但我不喜欢透彻，一透彻就见底了。我追求无边无际。

当我写到最深处时，内心中总是孤坐着一个孩子。他一直小小的，不愿长大。他不时地跳出来，掌控我的心灵。他不承认长成大人的我。他会站出来，说不对不对。就像我的外孙女知知，我带她散步，我说天快要黑了，我们回家吧。她说不对不对，天不会黑。当她说天不会黑时，我是相信的，我知道即使天真的黑了，她会把一个白天拿过来放在我手心。

就像此刻，我的手里除了花地精美的奖杯，还有我的外孙女给我放在手中的一袋没有的盐。它使我变得如此富裕。文学，或许就是让我们变得如此富裕、如此温暖、如此有滋有味、如此高尚、不同于别人的那件没有的东西。

谢谢。

2021年11月23日，花地年度文学榜获奖感言

后父的老

我很小的时候，奶奶就已经老了，我们一家养着奶奶的老，给她送终。奶奶去世后，轮到母亲老了，但她不敢老，她要拉扯一堆未成年的孩子。现在我五十多岁，先父、后父都已经不在，剩下母亲，她老成奶奶的样子了，我们养她的老，也在随着母亲一起老。因为有她在，我不敢也没有资格说自己老。老是长辈享有的，我年纪再大，也是儿子。真正到了前面光秃秃的没了父母，我成了后一辈人的挡风墙，那时候，就可以心安理得地老了。

但老终究是不容易的一件事情。

记得有一年，我陪母亲回甘肃酒泉老家，在村里看望一个叔叔，院门锁着，家里人下地干活去了。等到大中午，看见两个老人扛农具走来，远看着一样老，都白了头，一脸皱纹。走近了，经介绍才知道，是叔叔和他的父亲，一个六十多岁，一个八十多岁，活成一对老兄弟，还在一起干农活。

我父亲没有和我一起活到老。

我八岁时父亲去世，感觉自己突然成了大人。十二岁时，母亲再嫁，我们有了后父，觉得自己又成了孩子。后父的父母走得早，他的前面光秃秃的，就他一个人，后面也光秃秃的，无儿无女。我们成了他的养儿女，他成了我们的养父。

我十八岁时，有一天，后父把我和大哥叫在一起，郑重地给我们交代一件事。后父说，我已经五十岁的人了，你们两个儿子，该操心给我备一个老房（棺材）了。这个事都是当儿子要做的。说后面的张家，儿子早几年就给父亲备好了老房。

备老房的事，在村里很常见，到一户人家院子，常会看见一口棺材摆在草棚下，没上漆，木头的色，知道是给家里老人备的，或是家里老人让儿子给自己备的。棺材有时装粮食、饲料，或盛放种子，顶板一盖，老鼠进不去。

我们小时候玩捉迷藏，也会藏进老房里，头顶的板一盖，就仿佛到了另一个世界，外面的声音瞬间远了，待到听不见一丝声响时，恐惧便来了，赶紧顶开盖板爬出来。

家里的老人也会躺进去，试试宽窄长短，也会睡一觉醒来。

其实这些老人都不老，五六十岁，六七十岁的样子，因为送走了前面的老人，自己跟着老上了。

老有老样子，留胡须，背手，吃饭坐上席，大声说话。一般来说，男人五六十岁便可装老了，那时候儿女也二三十岁，能在家里挑大梁，干重活。装老的目的，一是在家里在村里塑造尊严，让人敬。二是躲清闲，有些重活累活，动动嘴使唤儿女干就可以了。

也是我十八岁那年，后父开始装老，突然腰也疼了，腿也

大地上的家乡

困了，有时候抽烟呛着，故意多咳嗽两声。去年秋天还能背动的一麻袋麦子，今年突然就不背了，让我和大哥背。其实我们两个的劲加起来，也没他大。

我后父打定主意，要盘腿坐在炕上，享一个老人的福了。

可就在这个节骨眼上，我大哥外出开拖拉机，我外出上学，留在家里的三弟四弟都没成人，指望不上，后父只好忘掉自己已经五十岁的年龄，重活累活都又亲手干了。

后父吩咐我们备的老房，也因为种种原因，一直没有做。其间我们搬了三次家，第一次，从沙漠边的太平渠村搬到天山半坡上的元兴宫村，过了些年又搬到县城边的城郊村，后来又搬进县城住了楼房。想想也幸亏没给后父备老房，若备了，会一次次地带着它搬家，但终究没有一个安放它的地方。

后父活到八十四岁，走了。

距他给我和大哥交代备老房那年，已经过去三十四年。

后父去世时我在乌鲁木齐，晚上十二点，家人打来电话，说后父走了。我们赶紧驱车往回赶，那晚漫天大雪，路上少有车轮，天地之间，雪花飘满。

回到沙湾已是半夜，后父的遗体被安置在殡仪馆，他老人家躺在新买来的老房里，面容祥和，嘴角略带微笑，像是笑着离开的。

听母亲说，半下午的时候，后父把自己的衣物全收拾起来，打了包，说要走了。

母亲问，你走哪去，活糊涂了。

后父说要回家，马车都来了，接他的人在路上喊呢。

后父在生产队时赶过马车。在临终前的时光里，他看见来接他的马车，要把他接回到村里。

可是，我们没有让一辆马车把他接回村里。我们把他葬在了县城边的公墓。

但我知道，他的魂，一定被那辆马车接走，回到了故乡。我们在县城的殡仪馆为他操持的这一场葬礼，已经跟他没有关系。公墓里那个写有他名字和生卒日期的墓碑跟他也没有关系。在离县城七十公里的老沙湾太平渠村，他家荒寂多年的祖坟上，他几十年前送走的老母亲的坟墓旁，一定有了一串轻微的脚步声，一个儿子回到了那里。

2018 年 12 月 27 日

长成一棵大槐树

椰落

椰树不是树，是大草。十年前我第一次来海南时，一位朋友告诉我。我也一直把椰树当草。相信这里的雨水和阳光，会让一棵草疯长成树一样。

她确实像草，独独一个秆，不分叉。长着草的脸和腰身，一丛一丛，树干是实的，却没有木质。我仔细看过一根腐朽的椰木桩，锯开的断面纹理清晰，年轮间多余的东西朽去，剩下一圈一圈的树皮。她从里到外都是皮，一层层紧卷起来，没有木心，心也是皮。这个奇怪植物，把自己的皮一层层卷成内心，皮的皱褶在里面熨平，纹路理顺。然后，就放心去生去死。死了也闲不住，做梁做柱，结结实实让人用几年、几十年。然后呢，她的心变虚，但还没完，人把树皮剥开，里面是一卷崭新麻布，一层层叠得好好的，剥开一层，下一层更新更细密，剥到最后，剩一溜布丝儿。

在海边宾馆的椰林里，我看见一棵年老的椰木，歪斜身体，靠在另一棵年轻椰木上，她本会倒下去慢慢朽掉的，却被拦腰扶住，扶她的椰木显然不够强壮，受不住，压歪身体。我不知道她能支撑多久。我坐树下仰脸看。一棵老年椰木，靠在一棵年轻椰木上，年轻的走不开，或许她有腿也不会走开，她强撑着。我不知该咋办，看见一棵椰树的累，也帮不上忙。

椰树跟我见过的所有树都不一样，她活简单了，几片粗糙叶子长在头顶，显眼的几棵果挂在脖颈。像个往天上背水的人。她的水葫芦紧封密闭，高高举起，不让人触及。一年一趟，她把水背往高处。仿佛她的家在天上。又仿佛她将天上的水背回人间，她个子高，弯不了身，得人从她怀里取。我见过爬树收椰子的妇女，瘦丽如椰，几下爬到树梢上，拿弯镰"咔嚓"一下，椰子落下来。我听见椰子落地的声音，像一个孩子从树上跳下来。

那晚在宾馆睡至半夜，听见窗外"腾"的一声，接着又是"腾腾"几声，我知道落椰了。当地人讲，椰子在人入睡的夜里落，在人离开的空林子里落，从不伤人。

我起身站在二楼阳台看，外面密密的椰林与阳台齐平，树梢高矮起伏地铺展成一片朦胧山地，仿佛我一迈脚就能走上去。在我小时候的梦中，我夜夜在树梢上行走，从一棵树梢走到另一棵，鸟都睡着了，我不踩落一片叶子便走出很远，低头看树枝下的屋顶和路，看见月光在地上一层层种树，每棵树都有两棵，一棵站着，一棵躺着。

晚间我从林中走回时，脚下铺满一棵一棵椰树的影子，那时我突然预感到，今夜或许会有梦了，梦里树的影子站起来，大片椰林的影子站起来。踩着树影回家的人，会获得一个在树梢上悠然行走的梦。

回到床上我又听见"腾腾"的落椰声，连成一片，由近而远，在落椰声的尽头，是海涌。

大清早，我到昨晚听见落椰声的林子捡椰子，一个也没有，椰子都挂树上，一棵未落。

那些椰落的声音呢？若我在这里久住下去，会听到所有椰子落地。或许不会，据说这里生活的许多人，都没看见椰子坠落。也没听见过。可是这个夜晚，椰子在一个外乡人的梦中，无边无际地落了，那些声音传到海里又回来。

我在一排椰树影子的末梢站住，在这里能看见宾馆二楼阳台。昨晚会不会有人站在这里看我呢。我突然对着那房间喊了声我的名字。在我多少年后的梦里，我会听见我的喊声，我会回到这片椰林，看见椰树的影子全站起来，落椰的声音站起来，我对着那空房间的呼喊被自己听见。曾经踩着树影走来的一个人，踏着月光里的平展树梢轻轻走远。在那里我会遇见往天上背水的人，或将天上的水背回人间。我跟她们同路。我会帮她背一个。

在我所有的饥渴里，有一场渴留给椰子。

2014年4月

斯古拉

一

这一天的时光是给斯古拉的。所有向上的路走向斯古拉，每一双眼睛都朝她仰望。

我相信仰望可以像云一样寄存在天上。千百年里人们对她的仰望，一层层地，在山上又堆出看不见的一座山。后来人们所望的，只是前人日渐堆高的敬仰。

我相信所有仰望的目光都会回来。

这一天，我看见千百年里人们朝她望去的目光再返回来，从银白的雪峰、从云朵、从阳光透彻的虚空中，那些目光回望过来。

我迎着她在望。

这一天我们被一座银白雪山的回光照亮。

那些马蹄和人的脚，踩在往日的蹄印脚印上。仿佛我是无知时间里的重来者，仿佛初次望见她的惊喜里包含着不知道的无数次。

那些满含眼泪的仰望。比天空还空的仰望。像看见自己逝去亲人的仰望。什么都看不见被孙女搀扶着上山的盲人阿妈的仰望。跪拜的人群后面羊的仰望、马和牦牛的仰望，都寄放到她头顶的天空了。

谁都不说他们望什么。谁都不告诉谁望见什么。小孩见大人望就跟着望。牛羊见人仰望也跟着望。我见所有人在仰望也跟着望。在这个永远不需要问什么的仰望里，我清楚地认出自己，和这座大山里跟我一样的陌生熟人。

二

这一年年的时间都是给斯古拉的。山脚下叫长平的藏人村庄，叫四姑娘的小镇，都为她忙碌。

赞增说他的马就是为斯古拉买的，以前他在外打工，当厨师。几年前回到村里，买了这匹马，往山上接送游人。

来看斯古拉的人越来越多。早先只是当地藏人祭拜斯古拉。每年端午节的前两天，是属于斯古拉的。这一天，人们把所有的活停下，大人、老人、小孩，远处近处的人，聚拢在一起，都往山上走。牦牛和羊也往山上走，它们供祭祀用，只有上山的路，没有返途。

赞增居住的长平村，上千口人和三千匹马，都为斯古拉干活，把游人驮上山又驮下来。他们卖马的力气挣钱。

赞增一家五口人，夫妻俩、两个孩子和岳母，妻子在县上

长成一棵大槐树

照顾大孩子上学，岳母在家里照顾小孩子，一家人所用全靠他的马挣钱。

家里养了三头牦牛，跟邻家的牦牛一起放在山沟里，闲了去看看，不会跑远。人去山里看牦牛时，会带点盐，牦牛爱吃盐。主人给牦牛喂盐的地方，就成了他们的约会点。还养了有几只羊。它们中的几只，是每年供祭给斯古拉的。

路边时有倒伏的巨大松树，我原以为是树老了自己跌倒的，赞增说是地震震倒的。

"那个大石头也是。"他指着一块小山似的巨石，上面刻有"地震落石"。

赞增说，"512地震"那天，他在斯古拉对面的山上采虫草。整个山"轰隆隆"巨响，像要垮塌下来，山上的巨石往下滚落。赞增说他从来没有经过这样的事情，还以为采虫草得罪了斯古拉，手里的虫草赶紧扔掉，双手紧紧抓住树干。

"一棵大松树'轰隆隆'倒下，砸在石头上。石头也从头顶滚下来。我吓得蹲在地上。那个时候，不知道抓住什么可靠。抱住石头，石头往下滚。抱住树，树在倒。"

赞增就在那时看见对面的斯古拉，她摇晃着，双臂伸开，像在跳藏族舞。只跳了几步，突然停住。她一停住，所有的山和树，都停住不动了。

马道在松林间的乱石中穿行，松树高大蔽日，随处可见的倒伏的大树，在沟壑间横架成桥，像要渡什么过去。

步行和骑马的人混杂一起，人像矮树桩，直直斜斜插满山路，都面朝上，脖子伸长，走一截停下缓口气，这里空气本来稀薄，上山的人一多，就更不够用。

三

斯古拉脚下的简易客栈，歇息疲乏的人和马。炉火在这里也有气无力，烧不开一壶水，煮不熟半锅面条。

多数人走到这里原路返回，多数人没有往高处走的时间和气力。

一些人走向海拔更高的下一个营地。我们斜躺在草坡，看步行和骑马的人，拐一个弯消失在山谷。在下一个营地，炉火的力气只能把水烧开到不烫手的温度。马匹全在那里停住，再往上的路是人的，那些陡峭山岩上没有马的落脚处。

还有人往更高处走，走到他们在来路上远远看见的半山腰，站在那里望一路经过的村庄城镇，望游丝一样隐约在山谷林间的路，望朝着斯古拉涌来的人和车辆。

极少数的人攀到峰顶，用剩下的半口气支起沉重的身体，在凛冽寒风吹起的雪片里，面如雕塑，朝下望他们活过的人世，望丢在那里的忧伤和痛苦。据说攀到顶峰的人会莫名地忧伤，无论一个人或几个人，寒冷把表情冻住，不费力气地忧伤，跟在一口口费劲的呼吸后面。没有忧伤人会断气。

更多时候攀顶的人被罩在云里，什么都看不见。他们出发时山顶晴朗，爬到山腰看见一团团的云飘过头顶，云是斯古拉掀开又披上的白头巾，山有心事，云便汇聚。聚多了下一场雪。阿坝的群山下雨时，斯古拉顶上在飘雪。

每年都有攀登者坠落。山风大，风推着雪和人往上。上山时人抱着一座山，人是山的孩子。下山时人抱不动自己这块石头了。坠落的都是下山的人。人要下山，还有一个东西比人更着急下山，那是人的忧伤，它跟在后面，像一个雪球越滚越大。

四

回返时我租了赞增的铁青马。我和赞增是熟人了，上山时我随他走了一大段路，听他讲了许多斯古拉的事。我知道他的马刚驮一个红衣女子上山，又要驮我下去，不知道马的力气够不够。

赞增说，"下山不用劲。"

步行上山耗了两个多小时，几乎把一天的劲用完，在半山腰的营地吃了一碗没煮熟的汤面，又回来一些力气。本打算走下山的，马队和泥泞的马道吸引了我。上山的路上，我们几次与马道并行又错开而去，有一大段马道在河对面，能看见骑马人穿行于森林中，听到人吆马的声音，马蹄的声音被静静的流水声挡住。那时我就想，我回来的路一定在河的那边。

和赞增说骑马下山的价钱，他要二百块，我觉得贵，想还价，扭头看见铁青马微眯的眼睛，就觉得张不了口，两个人在马跟前讨骑马的价钱，多不好意思。

赞增说，"养马的费用高呢，每年给马买草，买加料，就得四五千块。"

赞增说话时手抚着马脖子，马直立的耳朵就在他嘴边，我觉得他是说给马听的。

"有这么多吗？"

我本来不想知道马能花多少钱，听主人说这么大一个数字，就好奇，像要替马问清楚它一年的花费。

赞增说的加料，是给马喂包谷，赞增家里几亩地，种的青稞刚够家人吃，马吃的包谷都要到粮食店买。

我和赞增算马的费用，一年下来，竟也消费七八千块，从这个方面一想，马驮人干活也是给自己挣钱，它得现把自己的草料钱挣回来。

赞增说，"我每天上下跑两三趟，只收个马的钱。自己来回牵马，都没算钱。"

我把缰绳从赞增手里要过来，自己翻身上马，赞增看出来我是骑马的行家，也就不牵马了，他走在旁边干燥的人道上，马道在泥泞的石头里。

一位牵白马的藏族女人赶上来，跟赞增笑笑，牙齿跟雪一样白。

"怎么没驮人？"赞增问。

"上来的时候驮人了，下去跑虚趟子了。"

我看着牵马走在前面的女主人，看着马背上的空鞍子，看着往下走的人，心里空落落的，像是把什么丢在山上了。

走到山弯处我回过头看，斯古拉孤独地竖立在天上，跟我上山时看见的一样，那么突然，仿佛天空对她的出现毫无准备。一路上我跟赞增说话，忍住没有回头看。但我分明感到她的光芒，照在我的脊背和头发稀疏的后脑勺上。我在她的注视里缓缓走远。

我想走到她看不见我的地方，再回过头来看她。

那时我看见的，就是我一个人的斯古拉了。

五

其实我只看了她一眼。

山路一转，她突然悬浮在半空，完全不像这座山里的山。别的山翠绿，长松树长草，开花结果，她周身银白，不参与生长和凋谢的事。别的山蜿蜒起伏，她陡然而立。一尊纯银的锐利山峰，亭亭玉立在群山之上，跟这个世界脱离得干干净净。

那一刻所有目光都被她吸引。仿佛我去年前年没遇见她时的目光也在朝她仰望。

他们叫她女神。我看见的是千百年里人们积攒在那里的眼神。我久久久久的注视也积攒在那里。

以后的时间里是她在看我。

我在她的目光里来了又走，她不知道我回到世间的哪个角落去过生活，我在别处沉默和微笑她看不见，我从这个世界消失了她也不会知道。但是，我会因为她而仰起头，她的陡峭让我在某个瞬间挺直腰。我会想着她而忧伤。我的忧伤不费力气。也不危险。

我从没想过去攀上她的峰顶。我的力气或许只够我在世间度日。我喜欢在一条小山沟里，目送日落日出。在那里，我的炉火有足够的力气烧开水，煮熟米面。

可是，当我回到远处，我在她山脚下吃的那顿半生不熟的面条还在胃里。我仿佛还在奔赴她的人群马队中，永远都不走近，只是步行到山下，仰头看她，看我寄存在那里的目光，和太阳照暖的云朵，和星星月亮，和所有的仰望聚合在一起。

我这样想着她的时候，什么都耽误不了。就像马夫赞增把一年的活干完，到每年端午节前，属于斯古拉的这一天，把所有的事情放下，把马缰绳放开，带着家人步行上山，在正对着她的山顶，煨松烟，磕长头，把一年的平安、一生的心愿默默倾诉给她。

或许我已错过的每年每年的这一天，在云朵上积攒成完整的一年。那是我留给她的整整一年。当我在世间的时光不够用时，我就来她的永恒里续命，用她的时间做更长久的事。我会看见四季围着她轮回，而她在唯一不动的季节里。

我会在她的黄昏里，一山山地看落日。我不知道她的太阳落到哪里。四周都是山。每座山都带来不一样的黑夜。斯古拉在她自己的高高白天里，在那里，落得再远的太阳都在她的地平线上，我沉入黑夜的梦也在她的默默注视里。

2017 年 12 月

大地上的家乡

长成一棵大槐树

　　崇信县最老的大槐树，立于山间台地的打麦场上，孤独一棵，据说三千二百岁了。几乎与中华文明同寿。麦场下方是关河村，名字同槐树一样古老。四周一块一块的山洼里长着麦子。想必关河村人，牵驴赶牛拉着石磙子，在槐树下一圈圈地打了几千年麦子，到如今，还在为那些麦子操劳不息。

　　崇信山多地少，养人不易。活下来的古树却不少。我们看到的另一棵大槐，长在一方小寺庙里，只剩下半面树皮。看守寺院的老者说，他小时候树还完整，只是里面空了，空心树洞里摆一小方桌，常有人围坐打牌喝酒。后来大半面树干都朽了，剩下的一面树皮支撑起巨大树冠，茂盛地活着。据说这棵树也三千岁了。

　　另外两棵夫妻大槐，长在一户人家的院子。去年春天，家里老父亲爬上那棵妻树摘槐花，掉下来摔死了。儿子把父亲的死赖给这棵树，就把它两万块钱卖给一个陕西人。那些人当着夫树的面，把妻树的大小枝干都锯了，剩下一个秃秃的树鼓墩，用挖掘机连根刨出来拉走。留下的夫树变成独木，活得也不似以前旺势。可能挖一棵伤了另一棵的根。可能这棵看着身边少了陪伴千年的那棵，伤心了，不想好好活。

关河村的这棵大槐也险些被锯了。几年前有两人在树干上拉开大锯，想伐了它卖钱，锯进去一米深，锯口不住地往外流血，而且，锯开的口子一会儿就原长住，这把伐树的人吓坏了，连忙跪下给树磕几个头跑了。

我在大槐树下走了几圈，没看见那个锯开又长住的口子，树把人对它的伤害长进年轮里了。我仔细地看这棵大槐的每个枝干，它们有的东斜，有的西歪，有的枝好端端的，突然中途一拐，改变了方向。我知道它为啥长成这样。我会看树。一枝一杈地看上去，它所受的风雨寒暑、生老蹉跎，都长在树上，历历在目。

关河村大槐有六个主枝，绕主干四周。其中三个主枝朝上，一个向东南，一个向西南，另一枝往北，构成树的大形。大槐的南面设有祭祀台，供人焚香祭拜。南面向阳，是树的正面，所有叶子阳面朝南，绿光闪闪。树和人一样是站立生物，有脸面，有前后左右。

大槐朝天的三个主枝交错向上，把树的高度拔向云端。这是树的朝天枝，占得树头，独领阳光风雨，也容易遭受雷电袭击。我在西北常看到断头树，都是风摧雪压所致。树高天砍头。对于树木来说，长太高并非好事。西北干旱，遇到一个雨水多的年成，树木会无节制地生长，往高蹿，生出繁枝茂叶，树身难承其重，一旦遭风摇雪压，断头折干便再自然不过。树的朝天枝受惠于天，也最受天罚。据说崇信关河村大槐从未遭过雷击，原因是四周的山峰替它避了雷电。我想，树的节制生长也是原因。大槐的朝天枝看上去并不招摇，没有过分长高，给树惹麻烦。整个槐树高二十六米，十层楼房的高度，但南北宽三十八米，宽度胜过了高度，使它在山间一洼台地上，只显大，却不显高。这是树的聪明，它能活到天寿之龄，肯定是每个枝都活明白了，知道该怎么长。

大槐向东南的主枝，是树的迎日枝，由一个主枝生发为三，两枝朝上追高，一枝斜逸向东，脱离树冠数丈，像树伸出的长长左臂，其枝干所指，必是每日的日出之地。住在村里的人会知道，每天早晨的太阳，从他家柴垛后面升起。迎日枝在漫长的黑夜里也不会长歪，它的枝准确地迎向日出。那是只属于这棵树的太阳，第一缕曙光，被伸到最远的树叶接住，迎到树上，迎到大槐下的关河村。每年春天，树东边的枝头先绿，先长出叶子。在阳光普照的大地上，其实每一棵树，都单独地迎接太阳，长成了自己的模样。

长在大槐西南的送日枝，到下午才会被太阳完全照亮。这时候，东边迎日枝的一半，已陷入阴影。关河村的夕照短，它西边是高山，使树和住在这里的人，都只有半个下午的阳光。大槐的送日枝，也顺了太阳的走势，枝干西斜朝上，指向的正是每天日落的山脊。我在大槐树下正赶上关山落日，眼看夕阳独自走远，自己伫立树下，忽有种两相远别的孤独。但头顶壮大的送日枝，又让我感到落日不孤。我沿那棵倾身向日的树枝望去，就要落入山后的夕阳，正好卡在远山的一处缺口里，不舍地多照了大槐树一会儿。这每天多照的一会儿，在三千多年里，已经积累成年。我也在这依依不舍的夕照里，看着大槐朝西的叶子，一层层地黑向树梢，直到送日枝端指的山口，剩下黯淡霞光，树身才全黑下来。

大槐最长的一个主枝，长在北边，是树的背阴枝，常年在树冠的阴影里。背阴枝因为前后左右都被别的枝遮挡，它只有往远处长，一直把枝干伸到树冠外的阳光里。所以，背阴枝也长得最长。这也使关河村大槐树东西窄，南北长，树冠呈扁圆形。

让大槐树长扁的还有风。崇信所属的平凉地区秋冬季为西北风，春夏季多为东南风或东风，一年中风多从东西两面吹，树自然被风吹扁，形成南北宽，东西窄。我在西北看到的大树，也多是扁的。整个秋冬季漫长寒冷的西北风，把树迎风面的皮，吹得光滑坚硬。那些风一年年地吹进树干，吹扁树的一圈圈年轮。把树吹成扁模样。西北多独木，有叫"一棵树""两棵树""三棵树"这样的地名，不会多过三棵。独长的树多是扁的，有迎风面。这样的树木，因为木质不均匀，容易走形，也属无用之才。用木料的人，能从木头截面，看出是不是迎风独木，木匠做活，都选用林中树，树在林中，相互遮挡风雨阳光，也就不像独长的树有迎风背风面，它的木质也便均匀。讲究的木匠也是不伐用独木的。独木命硬，人消受不起。

一棵树独自长大，并不是其它树被砍了，剩下一棵。是因为这方水土，只够长一棵树，多一棵都活不了。像关河村大槐，方圆几公里，独独一棵。这样的大槐，能活下来，已经是奇迹。竟然活了三千多岁，更是让人难以相信。崇信塬高土厚，属半干旱地区，还算不薄的降雨量，勉强维系庄稼和草木生长。土豆麦子包谷，降几场透雨，就有收成了。草比庄稼耐活，再旱的天，根不死，种子留着，一场雨又活过来。树不一样。小树靠天，大树靠地。类似果树这样的小树木，因为根系浅，靠天上的雨水便能活下去。但关河村这棵大槐树，是不能指望雨水活命的，它茂密的树叶和枝干，足以把一场大雨在半空里接住，落不到根部。那它靠什么活命呢。

我一路上多次看到施工破开的土塬断面，从断面上露出的树根草根，能清楚地看见树木在土里的生活。土塬上层一两米到三四米，是雨水蓄积的地表湿土层，几乎所有植物的根，都扎在这层。草根浅，树根深。草有一点降雨便能活，树却需要更多水分才能长大。在湿土层下面，是厚厚的干土层，所有草木的根须伸到这里停住。这一层的土是生土，也叫死土，缺少植物所需的养分。干土层再往下，是和地下水层接上的湿土层或湿沙石层。在雨水充沛的地方，地上湿土层一直连接地下水层，植物的根可以扎得深远，每一棵小苗都有可能长成大树。而在干旱西北，干土层厚达数十米上百米，地上的那点雨水，永远不可能润透它，那是植物无法逾越的绝地。这也是西北许多地方不适合大面积植树的原因。那些人为栽植的树木，永远无法自活，要靠人去引水养活。树越大，耗水越多，直到人养不起。

关河村大槐树长在半山腰的台地上，我看它的枝干，便知道它地下根须的走向，那些深扎土中的根，也基本上长成树冠的样子，这条朝东的粗壮横枝下面，对应着同样粗壮的一条大根，那是它地下的影子，根往哪伸，枝往哪展，树根在地下的暗处，给看似明处的树枝指引着方向。我知道这些向下伸去的大树根，一定穿过了其它树木无法扎透的厚土，在更深处哗哗的水声里，让一棵槐树活出了三千年的茂盛繁荣。那是要靠一条地下河流才能养活的大树啊。

2019 年 6 月 13 日完稿

大地上的家乡

那个从天坑往外背土豆的人

一

下天坑的栈道口站着一位卖拐老人，粗矮身体，一身蓝衣裳，戴蓝帽子，像是上世纪里的人。他用树藤做的拐棍沿崖壁立了一排，高矮粗细的都有，手艺糙了点，但不贵，二十元一根。

我拿着他的拐左右端详，想买一根合手的，试了几根又放回原处。我没拿定主意要下到天坑去。带我们来的人说，下去上来要大半天工夫，我们时间不够，就在坑沿上看看吧。

其实天坑本身对我没多大吸引力，我在准噶尔盆地长大，那也是一个大坑，只是太广大了，看不见它的深。

栈道口窄窄的，游人排成一溜往坑里走，少有人停下来买拐棍。这个时间都是下坑的人，人下坑时或许想不到买根拐棍。

我给老人说，你若在坑底下卖拐，一定好卖。那时候人要上坑，抬头是万丈峭壁，人往上走时自然会想有根拐棍。

老人摇摇头，说，我这个年龄了，下去上来费劲。

问老人高寿。说八十岁了。

他说出自己年龄时脸上带着不自然的笑，像很无奈又像不好意思。我被他说出的年龄吓了一跳，仿佛站在一个自己眼看也要走到的八十岁的深渊上。突然地理解了老人脸上的表情。

老人说他年轻时经常下坑去，下面有个小村子，住着几户人家，现在都搬出来了。

我问，住在下面咋生活。

老人说，下面的台地上能种庄稼，包谷水稻都能长熟。

他给我讲了村子里的一家人，上世纪八十年代初，坑里的村子"包产到户"，那家人在分到的地里种土豆，男人把土豆背出坑外，到镇子上卖，成了当时有名的万元户。

把土豆背出天坑去卖？这得费多大的劲呀。

我小时候家里也种土豆，土豆是口粮，我也背过土豆，半麻袋土豆压在背上，那些圆鼓鼓的土豆硌在皮肉上，能把脊背磨烂。那个男人是怎样把一袋袋的土豆背出天坑，又背到镇子上卖掉，成了万元户。那个年代，一斤土豆几分钱或一两毛钱，几十万斤的土豆，才能卖到一万元。那个男人每次背一百斤，得背上万次。那时没修栈道，也几乎没有路，多少年来这个小村子的人，就没打算踩一条路出来，他们担心外人会沿着它下去。他们最初是为了躲战乱藏到坑里，养成不让人知道的习惯。那个男人是怎样背着一麻袋土豆，上万次地爬上坑来。

老人讲的故事，使我有了下一趟天坑的冲动。仿佛那里有一麻袋土豆，等着我去从坑底背上来。

二

奉节县小寨天坑据说是世界上最大最深的坑，坑口直径六百二十米，深六百六十六米，从坑底往上攀，相当于爬三百层高楼。坑里隐藏着一个小村庄，从坑沿口往下看不见房屋，也看不见炊烟，从坑底升起来的云气，把炊烟裹藏起来。在很长的年月里，小村庄人过着不为外界所知的生活。坑底有条河，水大而湍急，只是短短的，自坑底冒出来一截，又遁入底下，人称地下河。天坑便是地下河开的一方天窗。河在黑暗地下不知道自己流到了哪里，便开一个窗洞看看路。

河边台地上有几块田，种的粮食或刚够几户人吃。

整个白天坑底是阴的，只有半腰处的峭壁上有一带阳光。风或许吹不到坑底，所有的树是静止的，看不见光阴移动，人也没有影子，草木朝着坑口的那片天光长，一万年也不会把头伸进阳光。人爬到半腰处，才能看一眼太阳。人喊一声，四周有许多个声音回响起来，都是自己的。坑里人或都不大声说话。只有露头的地下河哗啦啦流，从黑暗流向黑暗。坑里的天应该只亮一会儿，就黄昏了。去过坑里的人说，从坑地看，天是圆圆的一坨。看不见朝霞和晚霞。晚上夜空低垂，星星和月亮，都挂在坑沿上。看不见北斗星，也看不见启明星。风从坑口上头刮过去，外面刮多大的风，坑里的树都不摇。坑壁上有洞，往外冒云气，地下河也往上冒云气，半腰处云雾袅绕。

明明是地陷下去，为何不叫地坑而叫天坑呢。后来，沿栈道一级级下去，下到天坑半腰处，我才领悟，人在坑半腰，天也在半腰。生活在坑里的人，日夜看见的，是坑里的天。人在坑沿往下看见的，也是天。地深陷得找不见了，天塌进了坑里。

三

步道沿坑壁折返下行，台阶陡峭，人需手扶栏杆，才能一步步下去。坑壁长满了树，让人觉不出自己在绝壁深渊的边缘，树遮蔽了危险。

下行到坑壁侧面，树少了些，看见正午的阳光，照在坑底北侧一方台地上。我想，那个男人的土豆应该种在那块台地上。天坑里雨水充足，露出的地下河会自己造出云来，坑太深云飘不出去，又下成雨。他的土豆一定有个好收成。

天坑底下原有一个发电站，我在半腰处听不见发电机的声音。据说早年外面有事通知坑里的人，嫌下去费劲，喊也听不见，便用石块绑上写了字的布条扔下去。很久，听不到石块落地的声音。坑里的鸡鸣狗吠不会传上来，人声不会传上来，几户人家的炊烟，散在雾气里，也不会被看见。

每下几个台阶，气候会凉一些，也更潮湿。

越往下走觉得坑越深，有点心里没底。

这么深的坑，都没有陷住那个背土豆的男人。他一次次地负重爬出天坑，把土豆卖了又下去。

我忘了问这个男人现在的生活，他早已经迁出坑外，那个在坑里的村子只剩下两间破房子。

我想他早就佝偻身子了，腿脚也已经走坏。算算那个在上世纪八十年代背土豆卖成万元户的男人，现在也有七八十岁，跟坑口卖拐杖的老人一般年纪。或许他就是我路过小镇时看见的坐在街边的某个老人。

到这个岁数，应该啥也背不动，身体本身变成了负担，剩下的力气将一天天地挪不动自己。这时候回头，看见自己在一个八十岁的深坑里。人往高龄长寿里活，命却是在下沉。

这样想时，我又朝坑底看，半腰处一个山洞，正往外冒着白色的虚无缥缈的雾气，那地下河的水声也仿佛在耳朵里，又像是自己想象出来的。我这个年龄，腿脚还有力气，真应该下一趟坑底。但行至半腰处，往上看，坑口已经吃进天空里，带我们来的人在上面喊。我们没有下去的时间了。

往上攀爬时，突然感觉到了沉重。我背负着五十多岁的自己，步履艰难，大口地喘着气。那老人的拐杖助了力，使我多出一条腿来。走到快上去那一段，步梯出奇地陡，不敢回看，腿在颤抖，身体愈加沉重，仿佛三十多年前那个男人的一麻袋土豆，不知不觉地压在我身上。仿佛四十多年前我曾经背过的那半麻袋土豆，也压在了背上。似乎一生背负的所有重担都没有卸去，它在这一刻回到身上。

　　还有，那个从天坑往外背土豆的男人，他的一麻袋土豆，也会压在知道这个故事的所有人的背上。

2021 年 3 月 2 日定稿

从北疆到南海

从新疆北疆飞到南海，行程万里。沙漠戈壁与茫茫大海之间，是辽阔而拥挤的中国。人们都说不到新疆不知道中国之大。我说，不到南海不知道中国之辽阔。新疆虽大，但我在新疆却感觉她不大，因为不管往哪走，走着走着就到了边界。一道铁丝网拦在眼前，所有通向远方的路到此中断，或拐弯。我在北疆塔城，沿着中哈漫长的边界线行走过，界碑和铁丝网在左，国土在右，突然就有了触摸到国家边缘的感觉，国就是铁丝网里面的这块地方，说大也大，一百六十六万平方公里，占国土面积六分之一，家就是其中只有自己能走回去能找见的那个小小的窝。

北疆"中哈"边境大多是牧区，中国这边，牧草被牛羊啃得光秃秃只剩下草根。铁丝网那边，草木茂盛葱郁，草原辽阔无际。就有羊把头伸过铁丝网孔，脖子长长地啃哈国那边的草，把挨近铁丝网的一溜子草啃得精光。据说哈方为此还与中方交涉过，说我方的羊越境吃草。中方说，羊只把头伸过去啃了几口草，不能算越境。哈方说，我们哈萨克族数羊都按头算，一个头代表一只羊，头过去就等于羊也过去了。中方说，我们汉语把羊叫只，一只羊，"只"是一个口加两点，口代表羊的头和身体，两点代表蹄子。按我们汉语的理解，一个羊的头、身子、蹄子都过去了才叫越境。最后交涉的结果是哈方宰了一头羊，中方拿了几瓶子酒，一起把事端摆平了。

看着这些在铁丝网旁边放牧的羊群，突然就感觉到中国太小，小到我们国家的一只羊，需要把头探出边界，啃几口别国的草才能填饱肚子。

而铁丝网那边的无边草原，也曾经是中国的土地。清末俄国通过一系列不平等条约，从中国割去四十四万平方公里的土地。改革开放后，中国的国力虽然增强了，但邓小平曾经针对历史遗留的西北边界问题说过一句话，"我们这一代人的智慧不够，边界问题留给后代去解决"。可是，西北边界问题没有留给后代。

我曾去过夏尔西里，那是中哈两国经过艰难的边界谈判，于二〇〇三年收回的一小块土地。原争议土地三百二十八平方公里，中国获得二百二十平方公里。单从数字看，中国占了便宜。但是，这一小块土地的回归，也标志着中国所有原属土地的永远失去。

中国在西北曾经大过，国土曾经辽阔到天边，现在不大了。

而南海依旧是大的。从海口到永兴岛，我们乘坐三沙一号航行了一整夜。黑夜的大海上，只有漫天寂寥星辰，海面没有一丝灯火，夜漆黑到海深处，那样的航行，仿佛没有希望会到达什么地方。完全不似我在新疆大地上的夜行，从乌鲁木齐乘火车去南疆，也是黄昏出发，过天山时日落，暗夜使荒冷天山显得郁郁葱葱，一路总有相隔遥远的灯火相伴。南疆塔里木盆地的夜凹进土地深处，沙漠戈壁和小块的绿洲村舍浑然一体，趴在窗口，看见黑夜里不远的一点亮光，那是一个村庄留到深夜的一点亮，像在等谁回家。可是一火车的人没有谁到达，那个彻夜亮着灯的家不属于我们，但又仿佛温暖了每个看见她的人。海上的夜行不经过谁的家，一样的波浪从岸边荡漾到远海，我在船上睡一觉醒来，爬舷窗望一眼，依旧是海天混沌，汪洋一片。这使我心生茫然与豪迈，在我们海洋辽阔的国度，我们把一场一场的梦做完，船还在自己的海域，海依然辽阔无边。

三沙市所在地永兴岛虽然是一个只有几十平方公里的小岛，两个小时即可环岛散步一周，但它在南海中已经是大岛了。岛上布满地方和军队的各种建筑，可谓寸土寸金。夜晚住在宾馆，我的耳朵里轰鸣着战机起起落落的声音。岛上有军用机场。中国海军在南海的大规模军演就在近日。菲律宾关于黄岩岛的国际海洋法庭裁定也是近日。中国作家赴南海采风团也赶在这个节骨眼上来了，采访范围是西沙诸岛。相对于整个南海，西沙算是最安静的内海了，但也并不安宁。据说我们乘坐三沙一号从海口驶向永兴岛那夜，美国一艘航母就在距我们二百海里的海域游弋。这个距离在陆上应该是不远的，三个多

长成一棵大槐树

小时车程。采风团乘坐的海监船可能一直被监视。我们登船前拉起红布标举行的采风启动仪式，也可能在他们的卫星监控里。美国海军会对一群赴南海采风的作家感兴趣吗？有这个可能。我在《新疆文学》（后来改为《西部》）杂志做编辑时，得知美国一家图书馆长期订阅我们杂志。据说还有专门机构的专家，通过文学作品研究边疆民众的心中愿望。美国人相信一个国家和地区的未来走向取决于人民心中的愿望，他们通过文学了解中国人，尤其是边疆地区人们的心中所想。关于中国人的心，他们还得在作家所写的文学作品中寻找。我们这群前来书写南海的作家，很有可能会被他们关注。

西沙给我的第一感觉是闷热，海洋那么大，却不通风透气，我们采风的几日都是晴天，天和海都光秃秃的，中间没有一层叫云的东西，我在海上似乎没有看见云，黄昏坐在小岛上，海天一色，不像在旷野中，一堆堆的云蹲在地平线上，围一圈，人坐中间，有一种踏实的存在感。在海上人、船、岛都像在漂着，无所依靠。

我们登临的甘泉岛就像是漂在汪洋中的一片荒野，岛上长满一人多高的灌木，有两户渔民居住生活，简单的工程板搭造的房子隐在树林里，岛上暴热难耐，我们走几步都炝热得喘不过气，可想渔民住在这里会有多难过。

有一口据说是宋代的水井，还在饮用。渔民带我们在半人高的灌木中找到一处建筑遗址，只剩下依稀可见的四方形房基，这座古代房屋，是用更远古的海生物化石建造的。小岛中心是一片洼地，在这里看不见海，听不见海的声音，仿佛站在炙热的戈壁荒野中。岛中间的植物也跟戈壁上的一样，都萎缩地低头生长。前者要抵抗暴风雨，后者则是保存水分，以低垂的树冠给躯体遮阴纳凉。小岛之外是荒凉的海。遥想古时候，对于汪洋中漂泊数月的航行者，这块有淡水井的小岛，该是多么地难得。那时候过往商船在岛上留宿补给，想来也比现在热闹。

回到渔民家时浑身已被汗浸透，在渔家朝海的小径上，我突然感觉到一股凉风，是从海上吹来的，两旁的灌木丛把风聚拢在一起。我看见渔家的餐桌、摇椅都摆放在朝海的小径尽头，在南海无边的燥热里，竟然有这样一些凉快处，让海上人家借以纳凉度日。

甘泉岛是中越海战的引发地，一九七四年一月十五日，南越海军"李常杰"号军舰首先入侵，对我国正在甘泉岛附近生产作业的两艘渔轮方向开炮威胁，又瞄准甘泉岛上的我国国旗轰击。次日，4号"陈庆瑜"号军舰也赶来与之会合。一月十七日上午，南越军队在西沙永乐群岛的金银岛登陆，下午又派兵强占了甘泉岛。

当时的甘泉岛四周应该是船帆遍海，捕鱼繁忙，岛上应有不少渔民居住。现在的岛上只一两户渔民，海上根本见不到渔船。

当地领导介绍说，西沙常有越南渔船非法进入捕鱼，我海监船只是柔性驱离，全不似外国海警对待中国渔民渔船的粗暴。如今越南在南沙的渔船是中国的十倍。而在十几年前或更早，这里是中国渔船的天下，中国海军顾及不到的海域，皆是那些打鱼船在守护，这片海域有他们的生计，是祖传的渔场。渔民们冒着被外国海警扣留，没收船只甚至丧失生命的危险打鱼，护卫海疆。而现在，靠打鱼为生的中国人越来越少。几艘海监船巡游在西沙，固然是重要，但怎比千条打鱼船拉网作业。当年中俄边界的许多争议区，便是中国牧民赶着羊群占住的，是边境农民开田种地守住的。

从海监船上下来，乘小快艇去鸭公岛，一个巴掌大的小岛，有一户渔民住在岛上打鱼，岛上一小片树林，渔民的板材房子隐在林中。鸭公岛的午餐，吃的全是没见过的海鲜。有一种石头鱼，长着鳄鱼一样厚实的皮，渔家烤熟端上来，我们在厚厚的皮下面找到鲜美无比的肉。岛四周全是堆积的海洋生物化石，证明着海洋数千万年以来生命的层层叠加和演化。

一艘军舰停泊在鸭公岛海域，远看像漂在海上的高房子。我们返回时起风了，海面沟壑起伏，快艇在浪中跌宕前行，船体碰在浪峰的强烈撞击感，让我第一次觉到海水的坚硬。给我们开快艇的是这片海域的管委会书记，复员军人，单身，无驾照，或许中午在鸭公岛一起喝了酒壮胆，他在惊涛骇浪中竟然把快艇开得飞快而有把握。

赵述岛要大一些，岛上一块地方覆盖着从陆地运来的黄土。我们在黄土上种了椰子树，那是我见过的最大的种子，从一只大椰子里发出胳膊粗的芽，这个芽三五年就会长成水桶粗的椰子树。栽树的坑是挖掘机挖好的，我们只需把椰子苗放进去，用铁锹把从岛外运来的土壤填满。在岛上，土壤是最缺的。刚上岛时，看见日军占领时的炮楼，炮楼边的牌子上介绍说日军从岛上盗运走多少吨鸟粪，有点不理解。现在清楚了，土壤和肥料是岛上生存多么珍贵的资源。还从资料看到当年中国民兵收复赵述岛时，岛上越南兵只胡乱放了几枪，然后就抱头鼠窜，躲藏在灌木丛中。岛中心果然有一块不小的灌木林，长得密不透风。中午在岛上午餐，渔家饭菜，样样鲜美，吃着便忘了热，觉得闷热比寒冷好受一些。我在新疆受过隆冬的寒冷。南海之热在我们行程的后几天，渐渐觉得不算什么了。

回返海南的那夜我住在海警执法船上二副的房间，因为海上军演在即，采风团临时调整行程，提前返回。执法船给我们腾出了十几个单间。二副的房间干净整洁，十几平方米的空间，容纳了单人床、书桌、储藏柜、卫生间，却不显拥挤。半夜醒来，趴在舷窗望外面的大海，灰蒙蒙一片，跟我在夜晚经历的所有荒无人烟的地方一样。我不想用荒凉来描述海。我想到的是新疆，一个有无垠戈壁沙漠和绿洲的家乡。南海只闷热，不荒凉。我在新疆经常会走到边界，伸手触摸到国家的边。在南海西沙我们没有航行到国家的边沿，她还远着呢。我们的祖先曾经把海域扩至天边，"行到水穷处，坐看云起时"。这是诗意的境界，也是古人留给我们引以为豪的海洋观。

2016年7月

云间白帝城

十二三岁时听后父说《三国演义》，知道了白帝城这个名字。后父不识字，不知他说的"三国"从哪听来的。跟我后来读的不太一样。后父讲"三国"前总要说一句"提起三国乱如麻"，乱如麻的"三国"，在民间说书人那里，应该也有无数个头绪万千、理不清也说不尽的别样版本，如蓬勃野草，早已经长出了原作的边界，长得野趣横生。后父只是这些乡间说书人中最普通的一个，却也是最早让我听到文学故事的人。他说书，却不认得书里的字，或也从没见过《三国演义》这本书，所以他说的也不是书，是经过多少张嘴，把书说成的话，传到他耳朵里，他又说给我们。那些书其实已经变成了他的话，带着老新疆方言的味道。

后父早年在村里赶马车，去过县城、省城，经常在那些远路上的车马店里留宿。他说的《三国演义》，或许就是路上听来的。我不知道后父是否听全过一部浩瀚"三国"。我也从未听他说全过。他只是一回一回地说，也不按故事顺序，想起哪段讲哪段，经常把故事说颠倒。但我现在记住的，却是被后父说乱的那个"三国"。他只是说他记得的片段，他能记清楚的，便反复说，每次说的也都不一样。

白帝城托孤，是后父最爱说的一回。他讲刘备临死前，把诸葛亮招来，安顿后事，仿佛就是讲我们村里一个快死的人，他就要撒手去了，但是儿子还小，家里一摊子的事，牛呀羊呀鸡呀地里的庄稼呀，都没了人照料，他把自己最信任的人找来，交代后事，也把孤儿寡母托付给人。

这样的事在村里时有发生，后父或也帮人家操办过托付孤儿寡母的事，其中细节自然熟悉不过。所以，他能把白帝城托孤这一回，说得声情并茂，他说的时候心里有底，我们听这一回时，心里也有底，那底便是不久前村里死去男人那一家的经历，那家孤儿寡母的哭声似也回荡在后父说的故事里，便有人听着哀叹起来，有人抹着眼泪。一个千年前发生在白帝城的故事，和我们村的一桩近事，叠合在一起。

只是，后父再怎么把那个故事与我们的生活拉近，我都无法将白帝城，想象得像我们村子一样。白帝城这三个字，我初次听到时，便确信它不是一处人间的地方。

多少年后，我在夔门左岸山顶的天台，看深渊里的大江，在万山间任意穿行，我站在一块石头上，感受着杜甫《登高》里"滚滚来"的长江，有人指给我看江边湾流里的一座孤岛，说那就是白帝城。

仿佛我遗忘多年的一个名字被叫醒。那一刻，我首先想到的是后父话说"三国"里的白帝城。它没有我想象得那样高，但又是我心中的模样。它孤悬于江边小岛之上，俨然与俗世隔开了一条大江的距离。

我们下山来乘船到白帝城下，当我一步步地拾级而上，仰脸看它小而陡峭的城门，"白帝城"三个字牢实地守在门头上，里面街道也窄窄的，那个我少年时从说书人嘴里听到的白帝城，就这样现身在一个中午。

陪同的人说，三峡大坝修成后，这里的水位涨了七十多米。也就是说，我现在看见的白帝城，比刘备托孤时的白帝城，比李白杜甫所看见的白帝城，都已经矮了七十多米。想想那个得了赦令而兴奋不已的李白，是从七十米深的水下，乘轻舟穿过了万重山，那两岸猿声，也已淹在水里了。还有杜甫，他写给白帝城的那些诗，也仿佛淹在了水里。"清秋燕子故飞飞"的天空，如今已成"信宿人家还泛泛"的水面。后来我乘坐游轮经过夔门时，特意低头朝水里看，仿佛那里有老年杜甫自水深处看上来的目光。

杜甫晚年曾寄居夔州，白帝城自是其常去之地，我在诗中看到他对白帝城的独爱，这座仙都帝城，每每被诗人捧向高处。杜甫在夔州写诗四百三十首，很多诗句写到白帝城。在夔州不到两年的时光，是其诗歌的硕果之秋，亦是人生暮年。这暮气写在他的《登高》里。我年轻时喜欢他的"无边落木"和"不尽长江"，老来读出的全是"萧萧下"。杜甫写《登高》时，五十五岁，离他五十八岁去世，还有三年的活头。他或许已经预感自己到了阳寿的高处，人世的万里悲秋已然到来，多病

大地上的家乡

之身，也一步步地登到高处。《登高》及同期创作的《秋兴八首》，也像是诗人对颠簸一生的"托孤"与交代。只是，他不知交代给谁，只孤独一人对天语。

在白帝庙旁的托孤堂，我看见了少年时后父说给我们的那个托孤场面，半卧床榻的刘备，满眼的遗憾与不舍，他望着坐在床头边的诸葛亮，当着众大臣的面，将儿子刘禅托付给这位老臣。这是一个将死之人，给生者交代后事。那场面，仿佛就是后父所说，但又完全不同。不同在哪里，我竟说不清楚，只觉得后父当年说给我的，是另一个刘备，和另一个诸葛亮，甚至在另一个白帝城。

那个白帝城在我少年时的无知仰望里，它遥悬"彩云间"，"高为三峡镇"，"城中云出门"，它既在杜甫万里悲秋的萧萧落木里，也在我后父用新疆土话说的"乱如麻"的三国中。

2019 年 6 月 29 日

在南京听虫鸣

朱赢椿的书衣坊坐落在南师大校园的树林中，细竹竿围起的小院，与外面隔成截然不同的两个世界。围栏上看不见门，朱赢椿从里面拉开一小片围栏，我们进去后门又回到围栏上，成为它的一部分。

小院里放着些木制旧物件，湿漉漉的，像是刚下过雨。靠围栏种植了爬藤植物。志宙说这是朱老师给虫子种的。来之前志宙介绍说，给我的书做设计的朱老师，是一位跟虫子打交道的人，你们可以聊聊虫子。

书衣坊是一个旧厂房改造，原有空间中加了两层，楼梯陡而窄，每个空间里都是朱赢椿的虫子作品。在他设计的一本书的封面上，活灵活现爬着一只黑蚂蚁，我明知道是印上去的，却还是忍不住拿手指想按住它。在屋里能听见外面树林草丛的虫鸣，有几声或是他种的那几棵爬藤上的虫子发出的。还有几声，像是被他制作成夸张雕塑的虫子发出的。

朱赢椿出版过一本很好玩的书叫《虫子旁》，是给我们这些人字旁看的。虫子旁的字爬在字典中，爬在诗和散文小说中，爬在某些人的名字中。某些人，或许是虫子转世，来教我们和虫子认识的。

　　我最感兴趣的是朱赢椿发现的虫文。虫子在树皮下，在树叶上啃咬爬行的痕迹，被他收集起来，做成唯有虫子能看懂的虫文书。或许虫子也不能看懂。它太短暂的一生来不及回头看。但这个叫朱赢椿的人有充足的时间看虫子走过的痕迹，并把它做成文字。我看那些虫文，虽然不认识，但一点不陌生，它们出现在我从小到大见过的草叶和树皮上，还有泥土地面上。无处不在的虫子，一直在我们身边写字，用它们的嘴、爪子和整个身体。一个笔画不多的虫文，或许就是一只虫子的一生，有的虫子从早晨活到中午，一辈子就过完了。有的会活几天几个月。它们在那么短促的生命中，一声紧接一声的鸣叫，像是有多么紧要的事情。

　　我建议朱先生把他收集整理的虫文解读出来，每个字标出不同的虫鸣声来，做一本《虫人词典》，便于我们和虫子交流。在自然界，都是虫叫虫应。人若知道了虫在叫什么，能与虫呼应，该是一件多美妙的事情。

　　不过，若真安置一堆设备去录制计算虫鸣，变成科学研究，又没意思了。我们和虫子之间，有一条古老直接的心灵通道，虫鸣入耳时人已然听懂，心有感应。人心中亦有万千虫子鸣叫呼应。我早年曾写过水草丰茂的年成里"一尺厚的虫声"，也写过干旱少雨季节"虫声薄得像一页纸"。南京水系密布，植被丰茂，是虫子繁殖生息的好地方。夜晚我在宾馆高层，竟听见了从街市升起的阵阵虫鸣声，这座古都被四野的虫鸣包裹，人声有三十层楼高，虫鸣便有七十层楼高，被虫鸣托举的人的梦，则高入云天。

书衣坊的最上一层只有屋脊处高出人头，斜屋顶缓缓低下来，做成书架的山墙有半人高，过去拿书要弓腰低头。这个低矮的环境却并不压抑，有回到童年某个小小角落的孤独感觉。屋脊是旧的人字梁木结构，或是从哪个旧建筑上拆下来的，有年月了，木头上有虫洞，抑或有虫子生活其中。这个琢磨虫子的人在木梁下走动时，木头中的虫子一定能感觉到。人缓慢下来时，身体的动作会变成像虫子一样的蠕动。

朱嬴椿打开隐藏在书柜上的暗门，带我们进到一个小房间，四壁都是书，抬手可触到斜面屋顶。他又推开一扇暗门，躬身进到一个更小房间，里面人只能坐着，像虫子一样蜷曲其中。这该是他静修的和体会虫子生活的地方。

我们在有虫洞的木梁下谈论虫子。我建议朱先生在我的《本巴》和《一个人的村庄》书名设计中用虫文书体设计，想必这样一定很有意思，因为"一个人的村庄"也是一只虫的村庄，或是一条狗、一只鸡、两窝蚂蚁的村庄。不知道他最终是否采纳了我的建议。他只是对我报以诡异一笑。他笑起来时脸部表情像是虫子的。这个痴迷于虫子的人，是否会越来越像虫子呢。

三年前，我在南京师大附中讲过一堂大课，讲到我们书院的虫子。每年暑假都有孩子来书院学习，书院虫子多，都不咬人。我教孩子们接受这些小虫子，你喜欢听虫鸣，就得接受虫子在身边爬，偶尔爬过你的手臂，它只是在过路，让它过去便可。我们和虫子都在往秋天走，是形影相伴的同路，我们并不比虫子走得更远。

那堂课，我把遥远地方的风声和虫鸣带给了孩子们。在后来的对话部分中，一位学生说他读了我的所有作品，并提了很有见地的问题。我被一个中学生知己感动。我和学生的对话部分后来整理出来，发表在《语文学习》上。

我在长篇小说《捎话》中，写了一位通晓数十种语言的翻译家，最终听懂了驴叫。但他无法把驴叫翻译成人的语言说出来。他只能在最后时刻发出"昂叽昂叽"的驴叫声。

朱赢椿会不会听懂虫子的叫声呢。他把那些虫子的生命轨迹，当一种符号去研究时，他和虫子间便建立起一种个人联系。江南水乡的无尽虫声，给了他一颗难得的虫心。这颗心或许会被虫子感知。或许虫子永远不会知道有一个人在想着做着虫子的事情。千千万万的虫子在地上爬，总有一些虫子爬到人心里，被养起来。

"我在三十年前虫子爬过的路上，听见你走来的消息。"

这是我以《江格尔》史诗为背景写作的新小说《本巴》中的句子。

我们都在虫子千百年来走过的路上。我们和虫子一样往时间深处走，没有谁走得更快更慢，也没有谁走得更长或更短。我从遥远新疆，落脚就能踩到蚂蚁的木垒书院，飞到烟花三月的瘦西湖边，依然看见遍地蚂蚁在跑。我跑了一万里，还是没有跑出虫子的世界。在虫子的缓慢蠕动里，所有的快都没有意义。一只细小蠕动的虫子，会拖住整个世界的后腿，以免它跑丢掉。

那日在秦淮河边饮酒，我听见岸边各种各样的虫声，一层一层，密密麻麻，下层的虫声显然老得嗓子嘶哑，依然顽强地叫。上层的虫声和着桨声水声，往夜深处传。在我们耗尽长夜的推杯换盏中，虫子已经老掉了一层又一层。

从西北到江南，每一寸土地上都有虫子在爬。虫鸣连接起的山陵大地，和熙攘人声连接起的城市村庄，是同一个世界。

写这些文字时，我已回到新疆木垒书院的虫鸣中，我书案的踏脚是一根两米多长的松树干，上面密密麻麻布满了虫文。当年我选用这根松木干，正是因为虫子给它刺绣了好看的花纹，树皮扒开，虫子留下的纹路雕刻般清晰。虫子先我走过了一棵树。我脚踩它写作好多年，偶尔低头看见虫文，再抬头写我的小说散文时，或许已经不一样。

我把木干上的虫文拍照发给朱赢椿看，他说精致极了。

我说，虫迹看久了都像是神迹。

2020 年 6 月 3 日

在金佛山遇见自己

一

在金佛山景区入口处，他们指着对面一道山脊说，那是佛头，那是佛身。我看了看，只是山，并没有他们所说的佛。可能我佛缘浅，不能看啥都是佛。也可能眼前的山并没造化出我想象的佛相来。

其实我是不屑看那些像佛的山的。人心中有佛，佛一定生着人心的样子。那些有鼻子有眼的山形，只是像人而已。山若成佛，也未必躺成人的模样，它或立或卧，或高耸云天或逶迤千里，都再自然不过。一座像人的山却不自然了。

但我却在金佛山看见一座像我的山。

我们沿密林中的木栈道前行，金佛山似有无尽的生长力，草木长得茂盛拥挤，让人感觉透不过气来，却个个活得翠绿旺势。行到山顶风口处，眼前豁然开朗，刚才被树木遮挡的云海显露出来。风刮得正紧。是西风。我们一行人背对风，站在悬崖边上，衣服被吹得飘起来。眼前的云也正被风掀动。从这个

长成一棵大槐树

山口吹去的每一阵风，都造出不一般的茫茫云景来。

一座铁黑色的山峰耸在无边云海中。云把其它的山都抹去了，这座孤峰露出头来。我知道在它四周，看不见的群山正积聚在云层下方。从我们刚才经过的山谷，能看见那些云层下的山，它们勾肩搭背连为一体。山与山之间有一条万物生长的路，让草色和花色延绵不绝，也让村舍阡陌相连。更高的山峰耸入云中，像是要把天顶破。我们登到山顶才知道，那些看上去高耸入云的山峰，都淹没在云中找不见了。只有这一座山峰，探身到云外。它穿透了天地间的无限空虚，已在云上端坐了。

陪同者说，那是金龟山。

此时云雾正随风翻腾，山峰时隐时现，我并没看出山的龟形来，倒是看见那峰顶酷似一个人的阔大额头，连鼻子和嘴都清晰可见。我拿手机拍了两张，拍好后看照片，竟觉得那瞬间抓拍的山形有点像我。赶紧让同伴给我拍张合影，只片刻工夫，那人形已经不在，云雾很快地修改了山峰，没被云遮住的部分，已经不再像一个人的额头。它确实像一块龟背，龟头朝北向下，像是要一跃跳下去。

山与雾，在万千变化的瞬间，雾遮去多余的部分，露出一个人的相貌来，开阔的额头，高耸的鼻子，黑铁的神情。

其实我在看见它的瞬间便心中一怔，那不是我吗？那一瞬我似乎去了山那里，早已成为一块石头，被幻化的雾再现于另一个时空。它坐南面北，头朝后倾斜，像是靠在什么地方，但后面全是雾，它靠着空空白雾，或许只有空可以让它的头靠过去，只有虚空，盛得下那颗头颅。

离开龟背石，我们沿悬空的栈道去了趟云雾深处，栈道在云层之上，头顶既是山顶，行走其上，半个身体在浮云里，轻轻飘飘，另半个身体紧依山壁，不敢丝毫脱开和山壁的联系。金佛山栈道长十几公里，一步一景，沿着峭壁可以绕过整座山。我们没有走完全程，回返时带队的女士不断朝后喊，都回来了吧。后面只有回音。人之间全是雾。说出的话也雾蒙蒙的。我们都疑惑地回望，栈道淹没在云中，刚刚穿云走去的一行人，又穿云回来。总觉得有一个人没有回来。又觉得那没有回来的人像是自己。

再次经过写有龟背石的地方，再朝浮云中的龟背石望，云雾还在不住地升腾翻滚，那山峰也不断地随雾造型。但刚刚过去的那一瞬不会再现。我在这里观看一天，或一年，龟背石都不会再幻化出一个像我的人形来。那个瞬间的我已经永远消失了。剩下的时间里，山还是山，露出云海的山脊还是像龟背，它俯身朝下，在往深渊里驮载深渊。

回来后反复看那张照片，那座云雾中的山，越加地像我了。

那该是活成一座山的我。

长成一棵大槐树

我在人群中每一次的仰头，每一回的挺直胸脯，每一刻的孤傲清高，我都活成了我的山峰。它陡峭，奇崛，独对云天。

　　我把这样的我藏在深山。

　　更多时候我匍匐在地，为草木低头，对尘埃俯首，向陪伴自己到老的岁月弯腰。

　　一个活成人形的我，已经平常得连衰老都跟别人一模一样了。

　　但我仍然会看山。每一回抬眼看山时，我的脊背都像山一样挺起来。

二

　　一定还有活成一棵树形的我，在这山里长了百年千年，反反复复的死去活来。某一刻我坐在树下乘凉，并不知道我正坐在自己的阴凉里。树在它的年轮中等来我。而我并没有认出它。

　　我靠在树干上打盹时，我的瞌睡中有它的醒。它一棵树一棵树地醒过来，去年前年，更早年月的树，都醒过来。一棵树在时间的山野里长成自己的森林。我在人世活成无数个自己。我的每一个梦每一个瞬间的想法，都分叉成另一个我。我被自己的人群淹没，又在其中恍惚地认出那个独一的自己。

　　多少年后，我在秋风落叶中再次经过这棵树，我不会去它身旁乘凉，天气已经很凉了，但我的目光会被一地金黄的落叶吸引。一棵树在山里落尽我一世的繁华。我又在别处虚度了谁的一生。

尽管我依旧不知道，在我成为树的时光里，一个季节已然远去。树和我，将再次错过。我回去过一个人的冬天。我的寒冷不会冻坏树的一个枝条。它在山里过树的漫长日子。它再不是我。我也不再是它。

但我的衰老里一定会有一棵树的年轮。

我朝远处的叫喊中也曾有过一棵风中大树的连天呼啸。它疯狂摇动。我拼命奔跑，喊叫。

待我走不动路，我会取它的一根树枝做拐杖。

我会躺在一棵大树里，成为自己的木头。我在人们不知道的春天里发芽。那时我的影子不再是黑色的，它不被看见地流淌成一条回忆之河，曲曲折折穿过生长着同一棵树木的辽阔山野。我在那时看见自己的人群，每一刻，每一年，每一个梦中和醒来的我，聚齐在一生的荒野。

我没说出那棵树的名字，我想在此山中隐藏一棵树。它不被人唤出名字。我的名字越被人所知，它便越无名。

带我来的女子说，"这棵树年年结小红果，好吃极了，但我从未吃到过一颗。"

"为什么呢?"我望着她好看的眼睛问。

"这些鸟儿，盯着树上的每颗果子，红熟一颗吃掉一颗，半颗都不会留给人。"

"你明年来，它会留给你一颗。"

"那你明年再来，我还陪你上山。这些鸟儿，或许真的会吃剩下一颗呢。"

"树会多结出一颗红果，留给你。"我替那棵树做了许诺，但这个许诺分明又是我的。

我每时每刻说的话，都长成了它的繁茂枝叶，它的"沙沙"声响在所有的季节里。

我每年每月的沉默，都深埋成它的根系。

而我在秋天里红透果实等待的那个人，或许只是另一个我。

他已经来过。

三

还有活成一棵草药的我吧。

金佛山被当成草药库，每行一步都可与一样草药相遇。随行女士给我介绍沿途那些草药的名字，许多名字熟悉却从未见过。我小时候家里有繁体竖排版的中医书，先父留下的，我记住许多草药的名字和药性，也早早地知道了人要得的所有的病。我曾有机会去学中药，悬壶济世。但最终当了一个胡思乱想的写书人。草药的名字却一直没敢忘记，总觉得它们是一生中迟早要遇见的贵人，为我以后要得的一样病而生。我一年年的终会走到一株草身旁，它是我有毒身体的解药，我的命在它手里。

每一株茂盛生长的草药，都等候着世上的某个人。他出生，长大，生活，生病。老中医给他开的方子里，有一味药长在金佛山的阳坡，有两味生在金佛山的阴洼，另有一味只在绝壁上长，不肯被人采来熬煎。

那孤冷的药草，不屑医生老病死的俗病。

它只医人间的清高，但清高不是病。

生老病死也不是病，那是再自然不过的事情。

在我的书架上有民国版的《中华药典》，有《中国中医秘方大全》《男女科5000金方》，几乎所有的草药和对症的病，都写在医书中，我迟早要得的病也在其中。偶尔翻看，像是在找自己的病，又给病找自己的药。那么多千奇百怪的方子。同一种病，有完全不同的药方，又有几十上百种的草药可以调剂使用。似乎只需得一样病，便可尝尽世间百草。

这是一剂给周岁小儿的处方：

鸡内金5克/神曲5克/麦芽5克/山楂5克/薏仁5克/白术7.5克/山药5克/桔梗3克/茯苓5克/苍术5克/川朴3克/枳壳3克/干草5克。

功能：消食导滞，健脾止泻。主治小儿下利不爽，大便腐臭，暖吐酸腐等症。

每日一剂，每剂熬至150毫升，分4次服完。

若伴呕吐加半夏/藿香。阵啼加砂仁/元胡。小便黄少加车前子/木通。

十几种草药，在一起煎熬。十几种味道，熬到最后剩下一味苦。

都说良药苦口。苦口，或是草药最真实的药用，熬给人尝世间滋味的。

尝过这味苦，便没什么不甘甜了。

那苦药汤一遍遍地，经过孩子、大人和老人的口舌胃肠。

草药也是陪伴。你安好时，它长在山里，是一株草。开药味的花，结苦籽。待到体弱多病，山里山外的草都找来了，你不知道哪棵草对症你的病。医生也不知道。否则他不会抓一堆草药给你。一堆草里有一种是你的药。但它须和其它的草熬在一起。一样草携带几十样草，来陪伴你的病。一样草太孤单，一味汤太苦寒。必须是十味百味杂陈。苦熬着苦，酸甜辣也熬在苦里。这样的滋味应是人生的悲欣交集了。

一碗药汤送走的人，带着满口苦味，转世在草药里，开苦花，结不忍给鸟儿啄食的苦涩果实，把最苦的根茎深埋。

还是被人刨出来。

女士指着坡地一棵独秆植物说，这是鬼独摇草。

早年我读到过这个名字，但想象不出它的样子。如今见到了，竟和医书中描述的一样：此草独茎而叶攒其端，无风自动，故曰鬼独摇草。

那棵草似乎听到有人叫，微微动了下身子。它知道自己在人世有一个名字，人唤着名字到山里找它，去治胆怯害怕的病。

鬼独摇草学名天麻。

它就长在离我几步远的地方，本想采一株回去，熬汤服了。只是动了心念。我被自己的念头吓住。仿佛内心里有一个跟随多年的我不知道的惧怕，突然在一棵疗治惧怕的药草边，显现出来。

我小时候怕鬼，晚上睡觉都拿被子蒙着头。后来有一天突然不怕了，开始四处找鬼。想知道那个让自己害怕的鬼长什么样子。

再后来，我知道鬼活在我的念头里。

人的每个念头里都住着一个鬼。那些鬼迟早会出来。

我用一个个无鬼的念头把有鬼的念头压住。或把鬼念头带到远处扔掉，自己脱身回来。但那个把鬼扔掉的远处也在自己心里。对于念头来说，多远都是一念间的事。

此时一株鬼独摇草，又让我看见自己曾经的害怕。

或是我曾经的恐惧早已投生为一株鬼独摇草，孤独的秆儿，末端举一簇花叶，摇摇欲坠，生着担惊受怕的样子，人却要拿它治惊恐病。不知道它会不会被人的惊恐吓住。

千千万万的草药长在山中，我是它们中的谁呢。

在我孤苦伶仃的前世，我一定是此山里孤傲不群的独活，不长多余的枝，不跟别的草合伙，生着不让人喜欢的味，探向高处的白色花簇，只在风中自言自语。

我在今生里忘记多少人和事，才能让那永远不会忘记的人说一句"勿忘我"。

曾经有女子说我是她的毒药。说完后她静悄悄地走了。她去找时间的解药。遗忘也是药。回想也是。我菜地的一角种有茴香，我在什么都想不起来的下午，摘一枝闻闻。它特别的香味里都是往事。

我会在世间所有的味道中，唯一尝出你的香味。我会为此忧伤。

而医治我旷世忧伤的长生草，长在金佛山云雾缠绕的峭壁上。它在雾里开花，雾里结籽。我比山高的忧伤，只有看不见的遥远星光可以疗治。

但星光不是药，它是人最需要的仰望。

就像所有的药都医治不了人的死亡。

死亡不是病，它是安息。

当我积蓄够人世的苦，就去做山洼里的黄连。我尝过黄连的叶子和根茎。在我少年时生活的河湾洼地，隐秘而孤独地生长着一丛黄连。只有少数的人知道。更多的不知苦甜地活着的人，最苦的黄连不让他们尝见。

我曾因病去看过老中医，他干枯的手指，按在我年轻有力的手腕上。他摸过的脉大多已经平息，我的脉还在堂堂跳动。他摸出我有很长的命，有的是时光去得许多的病。他留给我一册发黄的繁体字的手抄秘方，说我要得的病都在里面，方子也在里面。多少年来我一直给自己号脉，左手按住右腕，又右手按左腕。都说医者不自医。但我有无数个我。一个我生病时，无数个我在对面，他们长成山中草药，长成树，长成一座座山。

　　我的命在他们那里。

2021 年 7 月 17 日，木垒书院

长成一棵大槐树

夏花与秋叶

二〇〇九年，我随中国作家代表团去印度访问，参观了泰戈尔故居。那是一栋红色的二层小楼，屋外有一个不大的花园。刚下过雨，花园的树木、石板小路、屋墙都湿漉漉的。当我移步到泰戈尔生前的居室时，突然有了一种干燥的感觉。

泰戈尔故居的房间都很小，一间挨一间，许多的门，总觉得其中有一扇门会通到他的诗歌世界里。

卧室比其它房间大，一张双人床，靠着南墙。白色床单盖在被褥上。床头墙壁上挂着诗人临终前的最后一张照片。照片中的泰戈尔，正躺在这张床上，大睁的眼睛里满是无助和恐惧。

我被他的眼神吓住了。

泰戈尔是诗人也是哲学家，曾创作出版过六十六部诗集，还有数量众多的中短篇长篇小说和剧本散文，一九一三年获得诺贝尔文学奖。他的思想深受佛教、印度教及早期婆罗门教的影响。哲学和宗教，曾给他内心注入过那么丰富的关于死亡的超脱与思考。但是，我从这张照片上，看到他临终前的表情与普通人无异。我在他眼睛中看见所有人面对死亡时的无助和恐惧，这样的表情，是属于人类，我们都在这样离开，有信仰的人和无信仰的人，有思想和无思想的人，死亡将人们更加紧密地联系在一起，勇敢者、懦夫、领袖、平民、有钱人、穷人，在死亡面前归为一样。

这时我回想诗人那句"生如夏花之绚烂，死如秋叶之静美"。

泰戈尔写下这两句美丽诗句时，死亡离他尚远。他正享受着生之绚烂。"夏花"之后，自是秋风落叶。他遥想自己的"死如秋叶之静美"。可是，人生的秋日何其漫长，尤其对于活了八十多岁的泰戈尔来说，他的生命在六十岁便已入秋了，从那时起到他临终前，那枚叫泰戈尔的秋叶，落了二十年，终于要落到地上了。生命剩下最后的时刻。他有过八十年的漫长生命，可是，剩下的时光却已经短得抓不住。

这时候，已经过去的那漫长的八十年，和仅剩的几个月，或更短的几个小时，甚至临终前的几分钟，哪个更长。

我们活掉的漫长岁月让生命变得如此短促，一生中的每一分一秒，每一年，都在把自己往最后的时刻递送。

当生命到达，活掉的一生算谁的呢。如果活过的生命才是自己的，那么，越到生命的终点，人生应该越长。但是，这个长人得有时间回头去看。都说人生是一次性的，没有回头路。但每一次的回忆，每一刻的回望，都让人生有了第二次，第三次。

写了无数不朽诗篇的泰戈尔，他最后的临近死亡的眼神，

长成一棵大槐树

却不会被自己提前写出来。此时属于自己的夏花与秋叶，在一个人巨大的生命之上，汇合成无声的绚烂与静美。那是一个伟大诗人的，也是普通人的。

同样是印度哲人奥修，我年轻时几乎读过他所有的书。他谈哲学，谈宗教，谈中国古诗词中的禅意，尤其他对佛教生死轮回的解读，让我有了开阔的生命观和永生意识。他曾超度过自己的父亲，说他父亲的意识已经加入浩大的宇宙意识流中。他提示人们有意识地死去，或在临死前有人引领，让其意识不至于散失尘间。死亡有其永生的意识，也有其坠入尘土的无意识。他说经他引领，他父亲的魂已经在永生中了。

可是，我最后看见了他的死。我在一篇文章中，读到他临死前哭喊得像一个孩子，他对死亡的说教都是给别人的，因为他的死亡未到跟前。他想象着人类灵魂的永恒，内心经过修炼的灵魂和意识，在死后加入运行在宇宙的大意识中，不生不灭。

不知道他最后看见了什么。或者没看见什么。

他没有像自己教导别人的那样安静地死去。或许他看见了自己的死亡，却没有看见来接迎自己的宇宙的意识流。

他用最后的时光和气力，哭出了声音，流出了眼泪。

这哭声和眼泪，是他留给我们的最后哲思。

他以往对死亡与轮回的文字中，超然得没有一滴眼泪，他临终时把它补上了。

这是在死亡面前最真实的奥修。

但我依然相信他追求永生的超然思想。那些来自印度教、佛教又被一个智者重新感悟和建构的生命观，依然会吸引我和更多的读者。

奥修最后的哭啼是身体的本能，他的精神早已远遁。

2021 年 10 月 1 日

后　记

在一棵树下慢慢变老

受访者：刘亮程

采访者：喻雪玲

前言

二〇二一年七月，我因博士毕业论文选题为刘亮程创作研究，联系到刘亮程老师，并作为志愿者在木垒书院耕读两月有余。刘亮程老师在木垒菜籽沟村一所废弃的老学校建起书院，过耕读生活，也招募志愿者一起耕读。在我拜访刘老师之前，内心多有忐忑。因为从未深入接触过作家，来之前虽读了刘老师的全部作品，但我了解的还只是一个文字中的刘亮程，不知在现实中该如何跟一个作家去相处。见到刘老师后才发现，之前的担忧都是多余。刘老师温和儒雅，坦然真诚，柔和中透露着风骨和坚毅，身上有古代文人的气质和影子，令人不由心生敬重。他带我们几个志愿者在书院劳作，给两岁的外孙女做了一个非常有意思的跷跷板，还带我们扎了一段看起来什么都挡不住的木头篱笆墙。说实话，相对于要写作的长篇论文，我更愿意跟随刘老师一起动手干活。刘老师曾在《一个人的村庄》中写道：有些活，不干也就没有了，干起来一辈子干不完。我们跟刘老师干的活，多是"不干也就没有"的活，刘老师也不

后记

急于干完它。我们常有时间跟刘老师聊天，刘老师话不多，但句句有意思。我用手机记录下和刘老师的每一次谈话，后来整理的时候，感到惊艳无比，刘亮程老师竟然说了这么多的话，许多是他在别的访谈中未曾说过的。我发现他说话跟他的散文语言是一样的，或者说，他说出来就是散文。

《本巴》里的童年

喻雪玲：刘老师，您的小说新作《本巴》对史诗、时间、空间以及人的生存进行了一次全方位思考与探索创新，内容丰富、寓意深远。尤其是您以史诗般的天真雄浑和民间艺人式的奇特想象，为当代文学奉上一部童年史诗。关于《本巴》，想知道刘老师为什么会选择史诗题材进行创作，是有什么渊源么？

刘亮程：十多年前，我有一个文化工作室，受邀给新疆和布克赛尔蒙古自治县做地方旅游文化。该县是土尔扈特东归地之一，也被称为江格尔的故乡。这里诞生了很著名的史诗说唱艺人江格尔齐，在中小学还有江格尔班，教孩子说唱《江格尔》。当时我们工作室在县城做了一个文化工程：修建江格尔史诗广场。其中有一个青铜雕塑，就取自《江格尔》史诗，由七十二位勇士抬一口直径九米的巨碗，给江格尔敬酒。这个雕塑至今还立在广场上。我们还做了一个很有意思的旅游创意，叫牧游，由工作室方如果主导创意，就是赶着羊群去旅游。这个在《本巴》中也写到了。阿尔泰山到准噶尔盆地，保存着许多古老牧道，那是羊走了几千几万年的路，深嵌在大地上。羊道遍布每一片山谷草原。我们以牧道做旅游线路，组织培训牧民，让他们边放牧、边用自己的毡房做接待，带着游客在草原牧道上随牛羊转场迁徙。我们为此跑遍了远近牧场。我也有机会在草原上听江格尔齐说唱，虽然听不懂语言，但我能听出那说唱里有风过草原的声音。我想在那些古代的夜晚，在茫茫大草原上，一群人围坐，听着齐说唱《江格尔》，一直听到月落星稀，东方发白，都毫无倦意。那些江格尔齐能整夜说唱史诗，每一章都上千行，都是英雄出征打仗的故事，说唱节奏感很强，使人身临其境。

史诗是一个部族的希望和力量，它们创造英雄，又被史诗中的英雄所塑造。

我从那时开始读《江格尔》史诗。只是读史诗文本，给史诗文化的传播干活做事，没想到以后会以江格尔为背景写一部小说。我还曾策划过重新编写《江格尔》，现有的译成汉文的《江格尔》，是从好几位不同地方的江格尔齐说唱中采集来的，如《本巴》中引的两章，分别来自和布克赛尔县和和静县。这些江格尔齐所唱的《江格尔》收集在一起，重复的章节较多，有时故事的主人公也有错乱，这个齐说唱的洪古尔的故事，在另一个齐那里变成江格尔或其他英雄的故事。我想对《江格尔》做一次文学化编写，让故事从头到尾连贯起来，让无数故事章节聚合成一个整体。但这个工程太巨大，我只是雄心勃勃地写了一个策划案，便搁置了。

不过，有些事不做，可能是对的。《江格尔》是至今还在活态流传的史诗，它还在生长中。就像《本巴》中所写，每一个江格尔齐都不会甘心只说唱前人留下的篇章，他会给史诗添加内容。十多年前我在和布克赛尔听过当时著名的老江格尔齐贾·朱乃演唱，后来又听他的孙子道尔吉·尼玛演唱。《江格尔》在新疆蒙古人地区的传播很活跃，旅游业的发展也给江格尔齐提供了更多有偿演出机会。最近我跟一位卡尔梅克诗人翻译家聊天，她说自己在小学课堂背诵《江格尔》。卡尔梅克人是当年"东归"时由于伏尔加河没有结冰而留在西岸没能一起回来的土尔扈特人。现在的卡尔梅克共和国也有江格尔齐在传唱史诗。口传史诗最好的状态是依然在口耳相传，它活着就是最好的。一旦通过文学书写把故事固定下来，它便已经死了。

喻雪玲：《本巴》以几个没长大的孩子作为主人公，完全不同于《江格尔》史诗刻画的成人世界。我注意到童年视角几乎贯穿刘老师的创作，如《一个人的村庄》中那个独自漫游在村庄的孩子，《虚土》中五岁的孩子被人过完一生只留给他一个早晨，《凿空》以耳聋少年的视角讲述故事，新作《本巴》是五岁的赫兰齐在东归路上说唱出的史诗故事。童年是一个人生命记忆的起点，那么，童年经验对刘老师有着什么样的重要影响呢？

刘亮程：童年经验，是作家最隐蔽的经验。这种隐蔽一方面由于童年离我们最远，已被遗忘，或变得模糊。另一方面，它又离我们最近，因为童年经验保存了大量我们初来人世的感受，这些感受对我们来说可能影响深远。比如你第一次睁开眼睛看到太阳的那一瞬，你肯定不会记得了，但它可能影响你以后看世界的眼神。你一出生闻到的奶香，会一辈子都诱惑你。还有一开始听到的各种声音、呼吸到的空气等等，它们构成你对世界的第一印象。我们很难知道自己降生后经历第一个白天黑夜时的感受，那一定是惊心动魄、惊恐万分的。

今年春节期间跟我母亲聊天，她说我出生后头顶上巴掌大的一块软软的没有长住，像一方天窗。她跟接生的老奶奶说这孩子咋这样。接生婆说，你生了个聪明孩子，脑门大。那个洞开的大脑门一定装满这个世界的所有动静，然后封闭了。

我在《虚土》中写到一个孩子在五岁的早晨睁开眼睛，看见被所有人过掉的自己的一生。对他来说，那个村庄只有一个早晨，剩下的全是被别人过掉的下午和黄昏。但多少年后，村里人让他说出那个早晨，那个他们都出门远行的早晨，村庄到底发生了什么。

每个人的童年都是那个只被自己看见的唯一的早晨。只有自己能说出来。你能说出来就是作家了。有的作家一辈子也不会触及童年经验。有的作家一辈子都摆脱不了童年经验。忘记童年，我们就变成另外一个人——自己的陌生人。

喻雪玲：影子是您的作品中经常使用的重要意象，也是进入《本巴》世界的一条蹊径。我在写的一篇关于《本巴》的论文，标题是《本巴：通向史诗世界的影子》。早在《一个人的村庄》《虚土》和《在新疆》中，影子意象便时常出现。在《本巴》中影子既有具体的如人的影子、牛羊和蚂蚱的影子、酥油草和树的影子，以及石头和地平线的影子，又有诸如搬家家、捉迷藏和做梦梦游戏等富有隐喻意义的抽象影子。相较之前，《本巴》中的影子意象更加丰富多元且意义深远，使小说成为一个波诡云谲的影的世界。

刘亮程：对影子的深刻记忆肯定来自童年。《本巴》中不愿出生的孩子赫兰，他在母腹听见外面世界的各种声音，他自以为靠听见的声音已经熟悉了人世，所以不愿出生。可是他被迫出生后看见了从来没有发出过声音的影子，人的影子和各种事物的影子，布满大地。

来自童年世界的无声的影子，一直跟随我们长大。有人活明白了，走出了童年的阴影。有人一直在影子里找寻神秘关联。

我在小说《虚土》中写了一个把梦和现实过反的孩子，他一直认为晚上睡着后做的梦是真的，而醒来后的生活是假的是梦，所以从来不当回事，胡作非为。后来，当他突然意识到自己把生活过反，在自认为是梦的生活中做了那么多荒唐事，他羞愧难当，自己失踪了。

他是怎么意识到自己把生活过反了呢，是他看见了地上自己的影子，知道真实的生活在影子对面。

孩子出生后可能有一个阶段难分梦与醒，大人似乎也不知道告诉孩子晚上做的梦是假的。据我对孩子的观察，梦中发生的事和醒来发生的事，在孩子那里是连在一起的，没有分开。这是非常有意思的，接着晚上的梦过白天的生活。我带两岁的外孙女小知知，她说的有些话，可能是晚上梦里说的。这个梦与醒不分的年龄最神奇。《虚土》写出了这样的神奇。那个梦与醒接连一起的世界，语言让事物一一苏醒，又渐次入梦。

童年是个人的深渊。有时候写着写着不自觉地就回到小孩状态，自己都没意识到在用童年视角写作。那个藏在眼睛后面的眼睛，出来看世界了。那么好玩、有趣。那些陈旧的琐事重新变得清新、妙味无穷。

童年视角不是单纯的孩童的幼稚视角，它是从作家人生经验中回过头去创造的一种视角。是一个"老小孩"带着他对世界的全部经验，再回归到童年，重新审视这个世界。

喻雪玲：童年经验对于作家的精神世界进行渗透并产生影响，甚至对作家的文学创作有着根底性的影响。结合您关于童年的叙述，我更加确信了这点。《本巴》是在《江格尔》史诗背景上创作的，小说语言简洁、凝练且充满诗意，完全不同于《江格尔》史诗坚硬粗粝的壮美语言风格，这是否与题材相关？

刘亮程：相对于我国的另两部史诗《玛纳斯》和《格萨尔王》，《江格尔》更天真有趣。那些英雄打仗的故事，好玩极了，像游戏。史诗中也有一些少年英雄打仗的章节，比如少年英雄洪古尔打仗的故事就有几章。似乎他们等不及孩子长大，一出生就要去打仗。我被《江格尔》史诗中的孩子所触动，看见另一个时间里的自己。

小说《本巴》中借用了少年洪古尔的形象，另外两个孩子赫兰和哈日王是我虚构的。推动小说的三场游戏搬家家、捉迷藏和做梦梦游戏是我虚构的。《本巴》的故事开端，是在人类初年，"居住在草原中心的乌仲汗，首先感到人世的拥挤。他先用搬家家游戏，让人们回到不占多少地方的童年。又用捉迷藏游戏，让地上的一半人藏起来。作为游戏的开启者，乌仲汗并没有按规则去找那些隐藏者，而是在一半人都藏起来后，在空出来的辽阔草原上，建立了本巴国度。那些藏起来的人，开始怕被找见而静悄悄地消失在远处，越藏越深远。后来因为总是没有人去找，便着急了，派使者四处走动，故意暴露自己"。故事从此发生。我重新创造了故事开端。《本巴》是我写给童年的史诗。

在一棵树下慢慢变老

喻雪玲：来书院之前，我在"木垒书院"公众号上看到您在《西部》写作营开班会上作了《和草一起长老》的主题发言，对学员提出的几点要求中就谈到要爱护这里的草木。这次来书院，深切体会到刘老师对草木情感至深。书院有上百种植物，真如一个百草园，刘老师认识其中多少种草木呢？

刘亮程：具体认识多少种说不上，我可以带你们边走边了解。这是青蒿，民间叫臭蒿，其实不臭，只是香味比较冲。里面那棵是艾蒿，艾蒿和青蒿有区别，但一般人分辨不出，把青蒿当艾蒿。民谚说"五月艾六月蒿，七月八月当柴烧"，艾蒿五六月采集青嫩叶子，待到长老就是烧柴了。这个是蓝刺头，它没有结刺头之前，当地农民干活累了把它的水嫩茎秆折断，剥了皮直接吃，有解渴充饥、恢复体力之效。蓝刺头长老后是一个带毛刺的圆球，很容易粘在人身上，哈萨克人把它叫"野寡妇"。那边是鼠尾草，远看像薰衣草。这是稗子草，牛羊喜欢吃。这个生长着大片叶子的是牛蒡，它的根茎伸在土里，是很好的食材。这是芨芨草，古诗中叫白草，是以前人们用得最多的一种草，可以编草鞋、扎扫帚、编帘子，还可以做芨芨草绳。草绳和麻绳是农耕时代用得最多的绳子。

那片长得笔直的是麻，我们小时候村里大片种植。以前县上有棉麻公司，专收棉花和麻。麻可以制麻衣、做麻绳，叶子可以制麻烟，有轻度致幻作用。

野油菜最多，遍地都是，它的种子小而多，不怕被鸟和老鼠吃光。一万颗种子里有一颗落到土块缝里，有点雨水就能生长出来。你看厨房前面这一片，年年长满野油菜。野生植物都是自播自种，自生自灭。让一样植物灭绝是不容易的事。植物有各种各样保存种子的聪明办法。比如苍耳和蓝刺头的种子都带毛刺，会粘在动物身上。我们家黑狗月亮身上每年都会粘一些带刺的植物种子，它们在狗身上不会被鸟和老鼠吃掉，也不会腐烂。到春天狗脱毛时种子落在地里。狗成了植物种子的保管者和播种者。

喻雪玲：提及这些乡间植物，刘老师真是如数家珍，想来与您早年的乡村生活经验分不开。我也深切体会到，自然界中的一草一木皆有情趣，人与植物相互依存。时值八月，书院的杏树上还缀满黄澄澄的杏子，但好多杏上有虫眼，这是怎么回事？

刘亮程：由于在天山脚下，书院的杏子比其它地方晚熟一个月。我们书院有四十多棵杏树，刚来那几年，杏熟时每棵树上的杏子都尝尝，这些老品种杏树，每棵的味道不一样，杏子大小也不一样。我们从来不打农药，杏子会被虫吃。但一般每个杏子里只有一个虫子，不会有两个，两个虫子会打架，也不够吃。有虫子的杏子都早熟，虫吃杏子的时候，杏子有一种急迫感，会尽快成熟。掰开来，杏子一半是好的，虫吃一半，人吃一半。等到杏子全熟时，树下落一地，一半有虫眼，虫吃剩的杏子我们也吃不完。熬杏酱晾杏干。

喻雪玲：您看那棵杏树，已经枯萎一半，是不是生病了？树好不容易长这么大，却要面临死亡，真是可惜。

刘亮程：这棵杏树年岁跟我差不多，算是老杏树了。树一旦面临干旱或虫害，就会做减法，死掉一半活一半，靠活的一半把命续下去。等哪一年雨水充足再发芽、长枝。就像人一样，要是胳膊腿不行了，为了保命就要截肢。在自然世界中，这是生存法则，为活命得舍弃许多。哪怕活得残缺不全。

树有两重命，第一重是树活的时候，生叶展枝，开花结果。树死了或被砍伐，就以木头的形式开始另一重生活，被人做成家具或盖房子。一直到最后腐朽掉，归到土里，树的一生才过去。正如人过完今生，变成鬼活着，在我们的文化里，生命悠长地存在着。万物都平等。

喻雪玲：在刘老师眼中万物有灵，草木皆为友朋。您认识并熟知它们，不仅了解它们生长时的状态，还思考它们的来世生存。我始终记得您在《一个人的村庄》中曾说过"任何一株草的死亡都是人的死亡。任何一棵树的夭折都是人的夭折。任何一粒虫的鸣叫也是人的鸣叫"。在书院生活这么久，我发现书院中的树自由生长，落叶随风飘落也不清扫，这些草木对老师有什么特殊意义吗？

刘亮程：我们选择在这个院子生活，就是选择一种自然的生活，与草木共生存，与万物和谐相处。书院的理念也是：爱护草木，与草木动物一起生活。书院所有的树都自然生长，我们不会去修剪，树想长几个枝想发多少杈，都是树说了算。修树是人的想法，不是树的。砍树树会疼，树的尖叫人听不到。人被拔一根头发会疼，树一样也是生命。我们保持了树的完整状态，任其自然生长。让树把所有枝叶向每个方向舒展开来，最后活成一棵自然中的树。我们也想像树一样生活，可能吗？从小到大，我们被修剪得太多。但我可以欣赏这些野生的树。这些年龄跟我相仿的树，比我年长的树，我们一起活。我希望在一棵树下慢慢变老。都说人活不过树。人还活不过草呢。但人能在草木中思想。人的想象是一棵看不见的枝叶繁茂的参天大树。

书院中的好多草木是我小时候认识的。刚来这个院子，不认识这里一个人，但见到这些小时候就认识的草木，非常亲切。多认识一些大地上的草木，可能比认识多少人都管用。认识的人会消失、会遗忘，但你认识的草木，无论在什么地方碰到都会记得。在一个陌生的地方碰到一棵熟悉的草木，如见故人，一下会觉得这里不陌生了。所以多认识一些草，走遍天下

...勺东西。就像多认识一些星星，不管走到多黑的

编一儿

喻雪玲：老师，八月七日立秋这天您带着我...半天时间，备树条、修树枝、选筐把、定筐底、编筐，眼看这个筐子就要编出来了，真有种大功告成的感觉。刘老师什么时候学会编筐的呢？

刘亮程：我小时候学的编筐手艺，那时候看大人干啥自己就学干啥。也不知道长大以后能去做什么，就多学点手艺呗。万一不行，做个编筐匠也可以。没想到后来开始编故事了。

我们现在所说的编剧、采编，以及编织宏伟蓝图等等，这些"编"的源头都是"编筐""编席"的"编"。当年刘、关、张桃园三结义时，刘备就是一个编席、编筐的篾匠，手里编着一个小筐，心中谋着大事。最后他把一个筐编成了天下这么大。

喻雪玲：您带我们编筐子的过程做成视频发出来了，我们给视频起了一个有意思的名字：编一只兜秋风的筐。用一只手工编织的筐兜住秋风，纪念立秋，充满仪式感。但提及秋天，人们常会有"自古逢秋悲寂寥"的伤秋之感。为什么秋天给人

这样的感觉？

刘亮程：去年立秋日我　　　天被村民叫去喝酒，不能让夏天就这么平白无故　　庆立秋。也是找个由　　息地来，总得干点事，所以编个筐。地过去，秋天就编一个筐，不知道要装什么，装秋风呗。以前，我每　　　

　　　生活在季节中，可能好多人经过四季都不知道某一个季节是怎么来的。季节的细微变化不被我们感知。立秋之后天气要转凉，农谚说：上午立了秋，下午凉飕飕。秋天是多么巨大呀，铺天盖地来到这个院子，来到这块大地。当它到来的时候，我们内心中肯定会有一种情绪，需要通过诗歌、文学和艺术把它抒发出来。这个季节最容易引发愁绪。

　　　喻雪玲：九月七日白露这天，奶奶叫我们一起摘菜晾晒，在菜园里揪着一个个胖茄子和一根根长豇豆，一桶接一桶地往外运送螺丝辣椒时，我体会到丰收的喜悦。节气如同节日一般重要，它将一院子的人集中在一起，大家一块干活，生活都变得有趣起来。

　　　刘亮程：所有的节庆，都是人们在波澜不惊的四季轮回中找到的一个又一个的时间点，让自己停下来，然后聚在一起。二十四节气是农事生活的节点，也是乡民的快乐点，它使单调的农耕生活过得有滋有味。一年十二个月，就有二十四个

节气，这期间还有一些其他节日。算下来，一年有三分之一的时间在节日里。农事是漫长的，种子播下，禾苗出来，这是缓慢的。孩子长大、大人变老是悠长的。都得慢慢来。这个节气过去，下个节气到来，我们的生活随之变得有趣、有内容、有仪式感。这些节日让人留念在土地上。你看那些重大的传统节日，如春节，要人回家去团圆；清明节，回家去祭祖；包括端午、中秋都是要回家的。中国的农耕文化讲究守土，因为老人在家、祖坟田地在家乡，这都成为回家的理由。在一个又一个节日，远方的游子踏上回家之路。看看春节，你就知道中华文化力量多强大，全中国的人在回家。回家被我们当成中国最大的运输事件，春运主要是运人。天南海北的人在回家，一座又一座的城市走空了，一个又一个的寂静乡村在春节里迎来远方的游子。浩浩荡荡的回家人群，走在中华传统文化的道路上。这种文化有着巨大的感召力，让人们破除万难回家团圆。

我们刚来的那几年，雇了几个甘肃来的打工者，给书院盖房子、做泥瓦匠。到了老家麦子熟的时候，他们就要回去割麦子。这在二十四节气中是芒种，是收割麦子的时节。我跟他们商量说，不回去行吗，这里工期紧，你们能不能在老家雇人花几百块钱把家里那几亩地麦子收掉，在这里一样挣钱。他们不愿意，一定要把活停下坐火车回老家，花上半个月的时间把家里麦子割掉、场打干净，粮食放到家里，心里面才踏实，然后再出来干活。

对于他们来说，这个节点必须要回去的，不回说不过去。

哪怕回去只是看看老婆孩子和老人，再把那点麦子收拾掉，就是少挣点钱，人也安心。

喻雪玲：刘老师之前生活的沙湾与我家仅一条玛纳斯河之隔，您笔下的那些风、日出、夕阳、落叶、尘土、雪花等，也是从小到大陪在我身边的事物，但我却通过您的文字才认出它们。现在我逐渐意识到大自然中许多声音与变化，过去都被我视为平常忽略了，以后我也要慢慢感受季节时间的更替。说起时间，这是刘老师重要的创作主题，时间还被您赋予生动与灵性，甚至呈现出空间化和具象化特征。我想知道，刘老师是怎么看待时间的呢？

刘亮程：我在木垒菜籽沟村耕读、写作、养老，已经有十年时间了。我在村庄能感觉到两个东西，首先是时间，还有时代。我能清晰地看见时间的流动和变化，在村里按照二十四节气生活，不会过错日子。立秋那天，我们所在的村庄和整个新疆大地甚至北方，都会刮一场如期而至的秋风。当我们站在这样一个叫"立秋"的节气中，感受秋风扫落叶的时候，其实我们和千年来的古人站在了一起，时间在这个节气点上从来没有移动过。还有，我可以看到我走过的十年的时间，无非就是对面山坡上的麦子黄了十次，土地被翻来覆去折腾了十次，一个人的岁月就这样耗散其中。当门前那棵白杨树的叶子落光的时候，一个叫冬天的季节就来到我的家，来到这个村庄，当然也来到了整个北方大地上。我所有的文字都在写村庄的时间，写人的岁月。当我在那个村庄看到七十岁、八十岁和九十岁的老人的时候，我知道我的未来在他们那里。一张时间的脸，完完整整，有鼻子有眼、有微笑、有眼泪、有皱纹、有沧桑地摆在那个村庄中，这个村庄是中国的末梢。它的一点点细微的触动，可能不会被中国的前沿和中心感知，但是一定会被一个作家感知呈现出来。

喻雪玲：时间在刘老师的观察中变得有形有声，甚至接连起古人与我们。空中明月也当如此。诗人李白一生关于月亮创作四百多首诗歌，其中"明月出天山，苍茫云海间"，还提及我们西北的月亮。古代文人一直讲究与月相伴，那月亮在刘老师心中有什么独特意义吗？

刘亮程：我小时候生活的村庄，在新疆的荒野中，到了夜晚，整个天地之间，一座孤村、一轮孤月相依相伴，那样的夜晚，人一睡着，整个天空就一轮圆月在巡游，那是我小时候看到的月亮。每天晚上的月亮，从我家东边的柴垛后面升起，缓慢地经过屋顶，又从家墙边的菜地泥巴后面落下去，它既像自己家的一个亲人，但是又如此地高远，让一个乡村少年在那样漫长的黑夜中独自去仰望。后来我到了乌鲁木齐，城市有没有月亮我想不起来了。但是我知道，那个我早年看过的月亮，一定跟随我到了异乡。我想李白所望见的明月，一定是他家乡的月亮。家乡之月，挂在异乡的天空，又被他看见。就像我们在读李白的《静夜思》《关山月》的时候，我们读的是李白的月亮。过了千年，那枚月亮变成诗歌保存在我们心中，被我们收藏。

在一本书中过完一辈子

喻雪玲：在您近十年日常生活中，最大的变化应该是您从省城乌鲁木齐搬至木垒菜籽沟生活。那到底是什么让您下决心返回乡间生活呢？

刘亮程：我在乡村出生长大，后来到了县城，在城郊村住了多年。再后来到了省城，过了十几年城市生活，现在又回到村里，建了一个书院。你看这个院子，它首先是一个果园、菜园，有我喜欢的各种树木，书院还养了狗、猫、兔、鸡、鸭等，还有更多的不让我们养的鸟呀虫子呀。你和万物在一起生活。这跟在城市生活截然不同，在城市你只能跟人生活、跟人说话，你周围也尽是人和人声。在村里不一样，你身边有虫子在叫，耳畔有鸟鸣，有树叶的沙沙声。人声之外有这么多的声音。人之外有那么多的动物、植物，它们围绕在身边，与你朝夕共存。这是一个多么丰富的世界。你生活在众多生命中，你是它们中的一员。每天早晨两遍鸡鸣，天开始亮，当日落西山黄昏来临，树的影子拉长，鸟叫喑哑下来。一个完整的白天落幕，黑夜来临。我们书院户外没有安灯，灯光会污染夜空。我喜欢在夜里走路，小时候在乡下夜晚经历的那种黑，一直影响我后来的写作。我也写过许多的黑夜和夜间发生的故事。

晚上听着狗吠我会睡得很安稳。早晨在成片的鸟叫虫鸣中醒来。

喻雪玲：生活在自然中的人是幸福的。在乡间，我们身边不仅有人，还有一群动物和成百种的植物在陪伴我们。夜晚皓月当空，繁星浓密，抬头看星星都可以看得入迷。这样的生活，完全可以用"丰富"来形容。在这里生活将近十年，刘老师有没有后悔或者厌倦这种生活的时候？对您的写作有什么影响？

刘亮程：到这个村庄生活，可能耽误了我的写作，书院这么大一个院子，有很多事务要处理，都需要花费时间。但同时可能也再造了我的写作。我在书院写出了《捎话》《本巴》两部长篇小说。现在写第三部，跟这个村庄的历史和现在有关，菜籽沟村堆满了故事。我需要把一个村庄的百年历史变成自己的揪心往事。

到了这个沟里，我仿佛又回到早年的鸡鸣狗吠、虫鸣鸟语中，回到早年的风声落叶中，回到写作《一个人的村庄》那时的状态。对于生活给我这样一个安排，我觉得还挺欣慰的。此时，我要不坐在这个丝瓜架下面，就可能坐在城市哪个酒吧里面，说的也是别的事情。当然，任何一种生活都不会耽误一个作家的写作，因为写作是一个人内心发生的事情，跟你生活在什么地方没有多少关系。我在写作《一个人的村庄》的时候，已经形成了自己完整的内心世界。不管走到哪，都是在带着自己的世界在走，不会到一个地方就变成一个地方的人。当然，菜籽沟让我变得更加安静，觉得老年怎么来得这么快，一个人变得无所事事的时候就到了老年。我眼看着自己在一个院子的虫鸣鸟语中慢慢变老，我本来是在某个小区高楼大厦的阴影中老去的。"老是躲不过的，跑到天边也躲不过去。"

喻雪玲：这是《一个人的村庄》里的句子。那时您才三十多岁，就写了好多关于衰老和死亡的事。

刘亮程：是的。我在那时已经把老写尽了，我在那本书中过完了一辈子。还要在别的书中过另一辈子。写作是给作家续命。

西风带上的家乡

喻雪玲：从地形地貌上来说，木垒多沟，菜籽沟旁边就有达坂沟、庙尔沟、沈家沟等带"沟"的地名。俗话说"人往高处走，水往低处流"，为什么这里的人要生活在沟里？

刘亮程：天山北坡沟多，有山就有沟，这里好多村庄安置在沟中，每一条山沟有一条河，或大或小，河水可以灌溉、供人饮用。另外，沟里防风，住着舒适。再者，解放前这里匪乱不断，一有危险，村民往山里躲藏。还有，以前人们靠山吃山，住在沟里进山打柴伐木方便。我们居住的菜籽沟村，以前村民喜欢往沟里住，后来嫌沟里出行不便，又喜欢往村头住。上世纪九十年代，路边经济成为热潮，大家都想住在路边上，开个饭馆，做个小生意。当地政府也把一些原本在沟里的村子，搬迁到路边，形成路边经济景观。但很快，高速公路的开通又抛弃了这些村庄。

我们菜籽沟东边的四道沟，是四千年前古人类的居住地，菜籽沟也有古人类生活遗迹，出土有古石器陶罐等。古人类选择一个地方生活，首先要考虑避寒过冬，山沟里冬暖夏凉，到开春在山坡上撒点麦种子，就能有收成。具备古人生活的条件。现在住在沟里的人，延续了古人的生活方式。冬天这里不冷，太阳出来暖洋洋。春夏雨水充沛，村民在山坡播种就有收获。

喻雪玲：真没想到这里有四千年前古人类生活的遗迹，历史文化底蕴如此深厚。提及附近的奇台、木垒和吉木萨尔，最具代表性的是当地人说的老新疆话，给人印象深刻。我注意到刘老师跟村里人聊天时也会说当地方言，听来非常亲切。

刘亮程：奇台、木垒这一带是汉文化厚积之地。清代收复新疆之后，一批一批的内地汉民来到新疆，把汉文化带到新疆，在此落地生根，代代传承。在此过程中，与当地其他民族一起生活，自然也融入一些当地文化与风俗。从哈密到木垒、奇台、吉木萨尔，一直到玛纳斯、沙湾这一带，汉文化传统体系完整，形成了新疆方言，我们叫老新疆话。老新疆话的形成，从语言学的意义上证明了汉民族是新疆的原住民族之一。因为一种方言的形成需要很长的时间，需要很多人一起共同生活、居住。从清代到民国，从甘肃、陕西、山西、宁夏等地方来的汉民，在新疆东疆一代形成了以"兰银官话"为基础的新疆方言。现在，新疆方言还是北疆一带人普遍说的语言，听上去像甘肃话，但又和甘肃话不完全一样，尤其加入了一些少数民族音译语词，非常独特。

喻雪玲：我在玛纳斯县长大，跟老师生活的沙湾县隔了一条玛纳斯河，也算一个地方的人。我从小说新疆方言，上大学后才说普通话，但一回到家，跟父母家人一起，立马转说方言。方言的温暖如意只有远离它再回来才能感受到。

刘亮程：是的。有些话，我们只有回到方言里才能说清楚。方言即是家乡。新疆方言也面临萎缩和消失。因为学校都用普通话教学，官员也提倡说普通话。下一代或几代之后，这种方言也许难以听到了。我们这个时代，眼见着从身边消失的事物太多了，除了怀念也没有别的办法。而文学是怀旧的。

作家会固守自己的写作方言，那是不同于别的作家的自己的语言。

喻雪玲：刘老师之前生活在玛纳斯河流域的沙湾，和现居地木垒之间相距千里，两地气候有何不同？

刘亮程：菜籽沟村离我早年生活的黄沙梁村，远隔千里。这在地理上是很大的跨度。但两地都在天山和阿尔泰山之间的准噶尔盆地，都在古尔班通古特沙漠边，最关键的是在一场西风带上。西风一晚上便从沙湾县刮到了木垒菜籽沟。地理是局限的，但风畅通无阻，把各地理板块连在一起。一场风长几千几万公里、宽几千公里，浩浩荡荡刮过大地，刮过你生活之地。

我是在风中长大的。自小吹过头顶的那一场场风，至今还在耳畔。每当西风刮起，总会勾起往事。那风声跟早年的一模一样，甚至风中的气味、风中所挟带的尘屑，以及大风天个人的心境，都与过去相似。每一场风都把我带入过去年代的一场风里。

从沙湾到木垒，我在大地上挪动了千里，但还是没有走出一场风。同一场风经过的地方，有太多熟悉的东西：相同的植物顺风播种，遍地生长。走一万里你都在同一样蒲公英生长的领地。还有其他植物，它们在西风中将种子播撒向远处，又在东风中播撒回来。从你家乡飘飞的一粒种子，多少年后在相反的一场风里刮回来，它在远方繁殖无数代，又把种子播撒在家乡。还有人，同一风带上人们风俗相同或相近。风呼啸刮过的大地上遍布人的道路。在新疆，天山与阿尔泰山之间的准噶尔盆地，是西北风畅通无阻的走廊，也是人们放牧耕种的家园。

风在塑造沙漠的同时也在塑造人。我们北疆人盖房子都不在西墙上留窗户，因为冬天寒冷的西北风人受不了。前段时间书院垒了一个狗窝，本来门留在西边最方便，可以照看院子。我母亲说门开西边冬天西风灌满狗窝。只好开在北边。

到祖先那里去

喻雪玲：刘老师，我最近发现菜籽沟村有一个棺材铺，由此感觉死亡就在不远处，总有种莫名的感觉。以前我在曹文轩的书中看到儿童玩捉迷藏游戏时，会有孩子躲在后院棺材中的细节，后来知道好多地方都有提前准备棺材的习俗。木垒这边是否也有这样的习俗？

刘亮程：中国人养老、防老早早就开始了。一般到六十岁，家里的儿女会把老人的棺材定下来，有时候只是先把做寿房的板子备好，等到事情临近再组装起来。有些老人不放心，还要亲自去棺材铺看，对板子的长度、厚度和棺材样式提出要求，毕竟自己的房子自己要看得舒心。好多人家还会拉回去，定做好的棺材也不能老是放在木匠家。所以村里好些人家闲房子里面会放着一个寿房，有时候还会盛粮食，当柜子用。还有的人家寿房一放好多年，比如六十岁备上，八十岁人才走，一放二十年。其间假如别人家的人先去世了，寿房可以借让出去，这被认为是好事情。中国的乡村文化对死亡看得很从容，早早就开始准备。当西方人忙着准备去天堂的时候，中国老人已经给自己备下了寿房。都是朝来世去，去的地方不一样。中国人早都知道自己是谁，从祖先那来，还到祖先那去，中间六七十年、七八十年是自己活的时间，这个时间你先为儿子、孙子，后来渐渐长大，成为父亲、爷爷，最后就归到祖先那去。这条路是通的。这是我们中华乡土文化对死亡的安排。一切都如此妥当温暖。

喻雪玲：生老病死，时至则行。刘老师看待死生的态度，契合了荀子"生死俱善"、庄子"安时处顺"以及张载"存顺没宁"的中国传统生死观。除了坦然面对死亡，我发现这里的农民虽然劳作辛苦，但当他们干完活，晚上吃饭喝酒的时候又是那样欢乐，好像一下忘记了生活的艰辛。苦与乐在他们那里，被融合得恰到好处。

刘亮程：中国农民千百年来形成一种性格，或者一种处世哲学就是接受，或受命。接受苦难，把苦难过成快乐，也接受快乐，把快乐过成忧愁，不断轮回调剂，把日子过下去。农民一年四季没有多少喜庆，也没有多少不喜庆。除了战争、灾变或者强加的各种人祸，就地久天长的农事而言，农村生活都是一平如水，波澜不惊。麦子生长没有声音，日出而作、日落而息也是悄无声息。谁家娶妻生子，热闹喜庆一天。死了人，哭哭喊喊一阵，也都很快就过去了。没有大起大落的悲喜。在这种环境中，所有的惊天动地都被过成平常。

外人看来农村生活多么寂寞、贫穷，就那么一亩三分地，每年就那么点收成。尤其再看看文学作品中描写的过去农民的生活，不由得会为农民伤心，心生悲悯。但是，中国农民千百年来早已把那种生活过惯，学会过苦日子，而且在苦中找乐。这是活下去的基础。在这个村里，以前人们在漫长的冬天没事做，假若在路上碰到哪个人新买件衣服都要去庆贺一下。谁家买了拖拉机、汽车，肯定少不了请左邻右舍吃喝一场。还有前面讲到的各种节庆。我们的乡村文化中妥善安置了人的生与死，人们在这种文化中从容生活，苦和乐都是它的内容，没有什么是不能接受的。

作家是一种状态中的职业

喻雪玲：听说刘老师前年疫情期间，被封在家两个月写出小说《本巴》的主体部分。您说起写作《本巴》时的情景，让我想到自己写论文思考进去时的状态。那种全部注意力凝聚在思考的问题上，整个人完全进入到一个问题里的世界，思想慢慢打开、不断向深远处触及的感觉，真是奇妙。刘老师在那么短的时间创作出《本巴》，想必是进入到了写作佳境吧？

刘亮程：都说写作靠灵感，其实是一种状态。写作分为入状态和出状态。入状态时候，精力非常集中，人在浓浓的写作情绪中，那是一种精神的享受。一旦出了状态，再去看自己在状态中的文字，就像是另一个自己写的。作家是一种状态中的职业，来灵感时完全进入到自己所写的那个世界中，这时候你是作家。一旦出状态时你就是常人。

作家需要在出状态时再看自己的文字，那时候他已经从自己的情绪中走了出来，变成一个读者，再去推敲修改，这样会更加稳妥。因为在状态中作家的情绪总是夸张的，当然夸张是文学的主要修辞之一。作家进入状态时，无论他的情绪、感受事物的方式，还是他的语言都是极端的。这种极端情绪可以激活他所写的事物，但是如果把控不好，也会表现得过度夸张。所以，需要在出状态的时候做修改。

喻雪玲：除了进入写作状态，您在创作时是否会考虑写作技巧的选择或运用？

刘亮程：写作，肯定是心中有想表达的内容才会去写。技法是教那些小学生的。小学生不知道该写什么，他们没有内容，所以需要技法构架出一篇文章，再往里填东西。就像古人所说凤头猪肚豹尾，那是八股文的技法，按照这个技法去做文，大体上是没问题的。第一段写得像凤头一样招摇美丽、先声夺人，剩下的是像猪肚一样装东西，最后有一个余味无穷的结尾，这是技法。真正的写作要把技法忘掉。所谓文章，从哪写起都是开头，在哪停住都是结尾。把每一句放到合适的位置，让每个字都醒过来，这是做文的最高技法吧。

喻雪玲：人们总是不断追求世界的真实，但由于个人视角与叙述立场有别，关于同一件事不同人有不同的描述。所谓真实，可能只是一种相对真实。那在作家眼中，文学真实又该如何理解？

刘亮程：我之前作为一个案件的目击证人，接受过公安的询问。作为一个线索的提供者，我的叙述语言与公安最后的记录语言差别非常大。这也触及写作的真实性问题。按说，公安对一个案件的侦破，是最讲究真实性的。当公安对目击证人询问的时候，目击证人是这个事件的亲历者又是描述者，他努力想表述他所看到的真实。但当这种描述转换成公安的笔录证词的时候，由于公文要求简洁，会把细节全部省略，只剩一个结果。整个过程中，目击证人叙述的重点在过程，而公安只对那关键的证据点感兴趣，对目击证人陈述的其他细节不感兴趣。事实上，细节构成了案件的全部，而公安关注的是证人所看到的结果。这就是语言针对一个案件公文层面的表述。由此我们可以往深处想：文学是什么？文学的真实到底是什么？因为对一个事件的任何叙述都是挂一漏万的，所以文学语言的真实性在哪里？

当一个真实事件，公安的调查材料和法院的判决（公文）及事件的报道（新闻）都完成后，假如文学介入，作家能怎样去书写整个事件。它能比对这一事件的新闻报道更真实吗？能比法院对事件的描述更客观吗？

文学可能并不会去推翻结果。但它会复活"事件"世界，给其中的每个人找到"活路"或"死路"，会创造无数的生命可能，会有情感的加入，情感会改变故事，最终决定"事件"世界的走向。

喻雪玲：说起文学真实，这次来书院刚好您的母亲也在，近几天我跟奶奶聊起你们之前在沙湾黄沙梁生活的日子，我说到《寒风吹彻》中所写到的寒冬拉柴的事，您母亲说，那都是真的。我当时听了非常震惊，真没想到刘老师还经历过那样的生活。难怪文章那样的打动人心，原来是有现实基础。

刘亮程：《寒风吹彻》在这个世纪初被收入苏教版中学语文教材，在网上可以看到非常多的老师对于这篇文章设计的课件，我还在微博留言中看到许多中学生说他们中学时代印象最深的一篇课文就是《寒风吹彻》，有些孩子还说自己在课堂上读这篇文章时哭了出来。这篇文章确实有它真实的震撼力，就像我母亲说的，它的细节是真实的。一个被新疆的极度寒冷冻透的人，被寒冷冻到骨头里的人才会写出《寒风吹彻》。文学是虚构的，但是它的细节，震撼人的那些细节，是具有真实的力量存在。《寒风吹彻》中那漫天的大雪、呼啸的北风、一个人赶着牛车在寒冷的冬夜去拉柴火，被寒冷冻坏骨头的细节是虚构不出来的。一个又一个真实的有关寒冷的描述成就了这篇文章，它确实有一种寒风刺骨的力量，这种力量蕴含在文章中每一个字中间。读者从读第一个句子的时候，就会陷入到这场大雪中，这就是文学的魅力。

喻雪玲：刘老师的文字读起来总是那么有味道，经得起读者一遍遍阅读与思考。但写作说到底，终究还是作家的个人叙述，虽然建立在一定事实基础上，但其中总有虚构部分吧？

刘亮程：不管写散文还是小说，文学写作的本质是虚构。即使写一部纪实散文，看似在写真实发生的事，但那个事已经发生过，你用文字在重新创作它。你照着这个实写去时，文字自然而然走向虚构之路。你只是用文字在接近它。

我写任何东西，都是在用文字重新创作它。它在生活中发生过或只在想象中发生过，它将在我的文字中重新发生。这就是写作。文学只有一种真实，就是文学的真实。

喻雪玲：文字从刘老师笔下流淌出来优美又灵动，还富有多义性。您的每一句叙述都将读者带到一个意义的多岔道口，似乎要蔓延至四面八方，这些句子如同读诗歌一般丰富。您的文字是一种理性的感性呈现，其中意蕴值得一遍遍咀嚼。刘老师是如何让文字达到这种效果的呢？

刘亮程：作家每写出一句时，心中都有万语千言。但作家不可能说出那么多，那样说出来就是一堆废话。他要从万语千言中抽出一句来说，这一句话要说出万语千言。所以这一句是多么重要。写作就是这样，一句一句，从语言的荒芜杂草中穿过。把多余的字删掉，把干扰这一句的其他句子删掉。剩下的语句，带着所有想说、想表达的。那是穿过语言的语言，一定让自己和读者惊羡。

对自己的文字一读再读的时候，就知道哪些句子是多余的，哪个字是多余的。养成反复修改的习惯。我是一个有语言洁癖的人，某一个句子没写好，都会停下不写。即使一个词，也可能影响整个文章。在一篇文章中，语言的出场，是最有仪式感的，不能随便地写出一句，那每一句都是从嘈杂中走出的自己，亭亭玉立，有自己的语言姿态、风韵、气质，挺着胸，迈着自信的步子。每一句都是不平凡的出场，从俗世的言语中走出来，卓尔不群，超凡脱俗。

喻雪玲：刘老师对写作语言有着高标准、严要求，出自您手中的每一个句子都像从清水中淘洗过一般，清澈又干净。老师，现在很多悲情电影或者故事，通过情节的悲惨赚取读者的眼泪，但在流泪之后也就过去了。读您的《寒风吹彻》时，我虽然没有流泪，却如骨鲠在喉，心情极为复杂，过很久都难以忘怀。刘老师怎么看待作家创作中的眼泪问题？

刘亮程：作家要注意节制情感，我会控制自己尽量不要让读者流泪。有的作家喜欢把读者挟裹到他的泪水中去，这是我不喜欢的。作家要让自己的文字，写到读者正好要流泪的时候，把它控制住。让读者止住眼泪，给阅读以尊严，让感动发生在内心，而不是有意设置泪点，让读者去流泪。眼泪是人最表层情感，能让人流泪的东西不一定深刻。最深层的感动是不会流泪的，如雷声在内心滚过。

结语

在木垒书院的耕读生活，让我一下回到曾经熟悉的生活中，简单、快乐又充实。早晨在羊咩声和拖拉机的轰隆响动声中醒来，散步时可以随手摘下一个苹果——我几乎尝遍每一棵树上的苹果，从苹果青涩尝到成熟香甜。我没赶上种土豆，却参与了一整天的挖土豆劳动。午间帮厨师阿姨一起拉面做饭，跟奶奶（刘老师的母亲）一起晾干菜，聊过去的事。夜晚抬头就能仰望到满天的繁星。我有机会走进刘老师的生活，感受他生活的环境并了解他的日常。最重要的是，我在这样的生活中慢慢看懂一些刘老师的文字。来之前我在学校读《大地落日》那篇文章时，一直想不明白为什么刘老师会说太阳落山是天地间最大的事情。当我们和刘老师坐在书院后山坡一起看日落时，红彤彤的夕阳泛着金光在天边一点点西沉下落，那一刻，我理解了大地落日的深厚含义，就像刘老师所说，属于万物的夜晚就要降临了。我在这里学会了不再怕黑，敢在没有灯光的夜里一个人走路。这样的生活中，我认识了刘老师文字中呈现的那场西风，并重新发现地方性对于作家创作的重要性。日常生活中的节气、生死、方言、地理、历史等地方性知识，在刘老师那里被赋予异常鲜活的生命力。他将地方经验与文本创作相结合，通过语言叙述再造着一个地方。这些也都为我的论文写作提供了重要思考方向，当我再回头梳理目前关于刘亮程老师创作的研究现状时，心中的迷雾也在一点点散去。感谢生命中这么一段美好的时光，它将成为我之后漫长生活与写作中的一束温暖和智慧之光。